U0459013

AFTER RAIN

William Trevor

雨 后

〔爱尔兰〕威廉·特雷弗 著　管舒宁 译

人民文学出版社

PEOPLE'S LITERATURE PUBLISHING HOUSE

著作权合同登记　图字 01-2020-2009

William Trevor
AFTER RAIN

图书在版编目(CIP)数据

雨后/(爱尔兰)威廉·特雷弗著;管舒宁译.—
北京:人民文学出版社,2017(2023.3 重印)
　(短经典精选)
　ISBN 978-7-02-012902-7

Ⅰ.①雨… Ⅱ.①威… ②管… Ⅲ.①短篇小说-小
说集-爱尔兰-现代 Ⅳ.①I562.45

中国版本图书馆 CIP 数据核字(2017)第 119192 号

总 策 划:黄育海
责任编辑:卜艳冰
特约策划:欧雪勤
装帧设计:好谢翔

出版发行　人民文学出版社
社　　址　北京市朝内大街 166 号
邮政编码　100705

印　　制　凸版艺彩(东莞)印刷有限公司
经　　销　全国新华书店等

开　　本　890 毫米×1240 毫米　1/32
印　　张　7.375
字　　数　160 千字
版　　次　2012 年 11 月北京第 1 版
印　　次　2023 年 3 月第 2 次印刷

书　　号　978-7-02-012902-7
定　　价　59.00 元

如有印装质量问题,请与本社图书销售中心调换。电话:010-65233595

SHORT CLASSICS
短经典精选

目 录

钢琴调音师的妻子们

维奥莱特嫁给他的时候，钢琴调音师还是个小伙子。贝尔嫁给他的时候，他已经老了。

还不止这些，要知道选择维奥莱特为妻的时候，钢琴调音师已经拒绝了贝尔，宣告第二次婚礼的时候，大伙儿还记得这事。"哎，不管怎么说，她算是得到了残余的他。"邻居中有个农夫这样评说，这么说并无根据，只不过是在陈述他的观点而已。其他人的看法也差不多，尽管他们中的大多数会有另外一种说法。

钢琴调音师一头白发，随着一个一个潮湿的冬天过去，他一只膝盖的关节炎也越发严重了。曾经的温文尔雅如今已不见，比起同维奥莱特结婚那天——一九五一年六月七日，一个星期四——他也更瞎了。较之一九五一年那会儿，如今，他生活中的阴影也愈发模糊稀疏了。

"我愿意。"在小小的圣科尔曼新教教堂里，他应道，他所站立的地方几乎就是许多年前的那个下午他曾经站立过的位置。五十九岁的贝尔呢，则和她从前的情敌一样，站在同一个圣坛前，将维奥莱特说过的话重复了一遍。这段空当间隔得恰到好处；教堂里的人忆起维奥莱特没有不心怀敬意的，对于她的离世也没有不痛心缅怀的。"……并将我所有世俗财产，尽献于你。" 钢琴调音师说道，他的新任妻子在想，她更愿意穿着白纱而不是这身合宜的酒红色站在他身旁。她没有参加那第一次婚礼，尽管她受到了邀请。那天她让自己忙乎了一天，粉刷鸡棚，但即便如此，她还是哭了。不管有没有哭，她都来得更漂亮——差不多要比那个如此清晰地占据着她头脑，令她用嫉妒同之搏斗的新娘年轻五岁。然而，他选择了维奥莱特——或者说选择了自己的房子有朝一日会归于她名下的前景，贝尔站在鸡棚里苦涩地告诉自己，还有那一丁点儿钱，对于一个瞎子的生活来说多少可以喘口气。后来，每当她看到维奥莱特领着他走路，每当她想到维奥莱特为他打理一切，给予他生活，她便觉得这一切也是可以理解的。哎，换了她也能做到。

人们离开教堂的时候，有人在用管风琴弹奏巴赫的曲子，往常那是他的工作。人们在小小的教堂墓地里三五成群，坟墓零星散布在这幢小小的灰色建筑周围，钢琴调音师的父母亲，还有他父亲这边的好几代祖先都埋葬于此。参加婚礼的客人要是愿意到两英里之外的家里去，将会有茶点招待他们，不过一些人向新人献上祝福，就此告辞了。钢琴调音师握着这一双双熟悉的手，想象着这一张张他的第一个妻子曾向他描述过的面孔。正是盛夏，同一九五一年那会儿一样，阳光热烘烘地照在他的前额两颊，还透过那厚重的结婚礼服照在他身上。这个墓地他已经认识一辈子了，小时候，他就摸索着石头上的字母，对他母亲拼出父亲家族的一个个名字。他和维奥莱特没有孩子，有的话他们会很喜欢。有那么一种说法，他就是她的孩子，每当贝尔听到这句话，就会觉得是一种刺激。她本可以给他生孩子的，这一点她很有把握。

"我预备下个月去拜访您。"年迈的新郎提醒一位仍握着他手的妇人，她有一架施坦威钢琴，那是他调过的钢琴里唯一一架施坦威。她弹得好极了。他询问何时上门去调音，并再三表示，聆听她的弹奏就足以支付报酬了。但她从来不短他的酬金。

"第三个星期一，我想。"

"好的，朱莉亚。"

她叫他德罗姆古尔德先生：他有他的处事风格，不喜同人亲昵。人们说起他，常用钢琴调音师来称呼，对他职业的提示显示出人们对一位颇具才华者的敬意。他的全名叫欧文·弗朗西斯·德罗姆古尔德。

"哦，天气真好，安排在今天，"教区新来的年轻牧师说道，"天气预报说可能会有阵雨，但他们肯定弄错了。"

"天空——"

"哦，无云，德罗姆古尔德先生，无云。"

"哎，真好。那您愿意光临寒舍吧，我想？"

"他肯定会来的，当然了。"贝尔催促着，匆匆穿过墓地里的人群，并一再向大家发出邀请，她一定要举行一场派对。

过了一段时间，当这场新的婚姻进入日常生活后，人们想知道钢琴调音师是不是有退休的打算。一只膝盖不好，看不见，又上了岁数，在他发挥才干的时候，那些私宅、修道院、学校里的人都对他宽容有加。他闲不下来，岁月流逝，他也没交到多少好运。但是，偶尔有饶舌的人或是包打听将这个问题摆在他面前的时候，他否认自己有过这种念头，他也不认为只有死神的召唤才会终结这一切。事实是，要是不工作，不到处转悠，长久以来不是每半年左右就要跑到一个个小镇上为人服务，他就会不知所措。不，不会的，他承诺，他们还会看到那辆白色的沃克斯豪尔车转进某个农场的大门口，或是在某座修道院的院子里停上半小时，或是停在路边，而他则嚼着他的午饭三明治，喝着妻子给他装在保温瓶里的茶。

这项业务主要是维奥莱特开发出来的。两人结婚那会儿他还同母亲住在巴纳高姆大宅的门房里。之前他已经开始给钢琴调音了——两架在巴纳高姆大宅，一架在巴纳高姆镇上，还有一架在一家农户里，他要走上四英里。那时候人们都可怜他是个瞎子，所以他时不时被叫去修理马桶或是椅子的海草坐垫，这也是他学来的本事，或者在某个重要场合拉奏小时候他母亲给买的那把小提琴。婚后，维奥莱特改变了他的生活。她住进了那间门房，她跟他母亲也不是一直都处得好，但好歹还是过下来了。她有辆车，这便意味着只要她在哪儿发现一架长期疏于照料的钢琴，她就可以开着车带他去。她驾车去那些人家里，最远的在四十英里外呢。她算上车子的油耗和损耗，确定了他的收费。她备了个地址簿，还在日记里记下每家下次调音的日期，这些都很管用。她记下一笔笔可观的收入增长，发现迄今为止最赚钱的还属拉小提琴：在寂寥的酒馆里那些乡村与西部音乐的晚会上拉奏，夏天里，在十字路口搭起的舞台上为舞会拉奏——一项在一九五一年间还没有完全绝迹的活动。欧文·

德罗姆古尔德喜欢小提琴，在哪儿都愿意拉，不管有没有钱，不过维奥莱特看中的是钱。

于是，这第一段婚姻就这样忙忙乎乎地发展着，后来，维奥莱特继承了她父亲的房子，便把丈夫接去同住。它曾是一座农舍，但因为家里几代人都嗜酒如命，把农场的地都喝没了，不过，还好维奥莱特没有沾染上这一困扰着她家的恶习。

"好了，告诉我那儿有什么。"早些年她丈夫经常这么问，维奥莱特便把这所她带着他入住的房子的情况告诉他，房子坐落在偏僻的山脚下，这些山有时候看上去是蓝色的，房子就在一条巷子拐弯处靠后一点的地方。她描述着屋子里的角角落落，当东边吹来的风形成的气流影响到那间过去被叫做客厅的屋子里的炉火时，他可以听到她拉启和闩上木百叶窗的声音。她描述着铺在屋里仅有的那段楼梯上的地毯的花纹，厨房碗柜上那蓝白相间的瓷把手，还有那扇从不曾开启的前门。他听得津津有味。他的母亲，从来没有迁就过儿子的苦恼，当初可没有这么耐心。他父亲过去在巴纳高姆大宅当马夫，跌了一跤后死了，他对父亲一无所知。"瘦得跟条猎狗似的。"维奥莱特这样描述他父亲留下的一张照片。

她让巴纳高姆大宅那宽敞、冰凉的大厅历历在目。"通往楼梯的这一路上我们绕着走的是一张桌子，上面摆了只孔雀。这是一只银色的大鸟，张开的尾翼间点缀着一小片一小片的彩色玻璃，代表它五颜六色的羽毛。绿的和蓝的。"他问起颜色时她说道，哦，还有，她确信那不过是用玻璃做的，不是什么珠宝，因为有一次，在他全力以赴对付客厅那架破得不成样子的大钢琴的时候，有人告诉过她。楼梯是弧形的，因为经常跑上跑下修理育婴室那架夏贝尔钢琴，所以他知道。第一层的楼梯过道黑得跟隧道似的，维奥莱特说，有两张沙发，两头各一张，墙上还黑魆魆地挂着几排面无笑容的画像。

"我们现在经过的是杜西加油站，" 维奥莱特会说，"菲利神父在泵那儿加油呢。"

杜西加油站售的是埃索汽油，他知道这个词怎么写，因为他问过别人。标识用的是两种颜色；他把那个图形与他感觉得到的形状做过比较。借助维奥莱特的眼睛，他看见了奥格希尔郊区麦克科迪大宅那荒凉的外墙。他看见了基勒思那个文具商没有血色的脸。他看见了他母亲永远地闭上了眼睛，双手交叉在胸前。他看见了群山，有时是蓝的，有时雾散去又变灰了。"报春花没那么鲜艳，" 维奥莱特说，"更像是稻草或者是乡村黄油的颜色，中间有一点颜色。"他就会点点头，知道了。淡蓝色的，就跟烟一样，她描述着山峦，中间那块不是红色，更像是橙色。对于烟，他知道的也并不比她告诉他的多，但是，他能分辨那些声音。他坚持认为他知道红色是什么，因为他听得出它的声音，也知道橙色，因为尝得出来。他看得见埃索招牌上的红色，还有报春花里的那点橙色。说"稻草"和"乡村黄油"他就明白了，维奥莱特说惠腾先生脾气古怪也就够了。有个院长嬷嬷看上去很严肃。安娜·克雷吉喜欢异想天开。锯木厂的托马斯是个邋遢的家伙。巴特·康伦的前额长得像梅里克家的那条猎犬，每次看到梅里克家的布罗伍德，就要摸摸它。

在前妻去世尚未续弦的这段日子里，钢琴调音师独自一人也就这么过来了，那些有钢琴的人家得开着车接送他，买东西、家务活也需要有人帮忙。他感觉自己成了他人的累赘，心知这可不是维奥莱特所希望的。她也不会希望她为他一手建立起来的事业因为她的离去而被荒废。他在圣科尔曼教堂演奏管风琴令她骄傲。"永远也别放弃。"在轻声说出临终几句话之前，她就轻声说过这话，于是，他独自去教堂。在差不多两年后的一个星期天，他与贝尔再续前缘。

当年贝尔被拒绝之后，一直不能摆脱嫉妒之情，她气不过维奥莱特貌不如己，令她痛苦的是，在她看来，似乎失明这一惩罚也像是加在她头上的。除了惩罚，你还能管眼前一抹黑叫什么呢？除了惩罚，还有什么能将黑暗置于她的美貌之上？然而，并没有什么罪孽可惩罚，他俩原本应该是称心的一对，她和欧文·德罗姆古尔德，她把美貌给予了一个并不知晓美貌的男人，那应该是一种德行。

因为不幸无休止地折磨着她，贝尔一直未婚。她起先是帮父亲，后来是帮她哥哥看家开的这个店，给留在店里等着修理的钟表写写标签，记录一下体育奖杯上要雕刻的文字。她在店里唯一一张柜台后头为顾客服务，圣诞节期间她最忙，玻璃制品和气象指示器是最受欢迎的结婚礼物，打火机和廉价首饰买的人少些。有的时候，钟表不过是需要装个电池，于是礼品这部分的生意就扩大了。不过随着时间的流逝，镇上始终没有出现一个男人比得上那个被人从她身边夺走的人。

贝尔出生时还没这个店呢，等到房子和店铺都归她哥哥所有的时候，她依旧住在那里。她哥哥有了孩子之后，她在家里还是有地方可住，她在铺子里的位置也无人篡夺。她在屋后养了一群鸡，从十岁生日那天起她就开始养鸡：这同样持续到现在。她怀着失落生活着，很久以前这就成了她的一部分，侄子、侄女眼里的她就是这副样子。有人注意到，她眼里的愁苦反倒令她更显妩媚。当她与曾经拒绝过她的那个人再续前缘时，兄嫂都觉得她在犯傻，但嘴上并不说，只是笑着问她是不是打算把那群鸡一起带走。

那个星期天，等几个教区居民走了，他俩就站在教堂墓地里说话。"来，我带你看看那些墓。"他说着便走在前头，对自己要去的地方一清二楚，他踏上草地，用手指触摸第一块墓碑。这是他奶奶，他说，他父亲的妈妈。 有那么一会儿，贝尔真想亲手感觉一下那些刻在上面的字母，而不是看着它们。他俩走在墓碑间，两人都知道，那些已经回家去的教区居民对落在后头的这一对儿知根知底。维奥莱特死后，每个星期天他都会在家和墓地之间往返，除非下雨。真要碰上下雨，开车送珀蒂尔老太太去教堂的那个人也会捎他回家。"你想散散步吗，贝尔？"介绍完家族墓碑，他问道。她说她想。

贝尔出嫁的时候并没有带上她的鸡。她说鸡已经养够了。后来她有些后悔，因为在那个曾经属于维奥莱特的家里，她无论做什么事，都觉得这事过去维奥莱特做过。当她切肉准备做炖肉时，她站在那里，阳光照在维奥莱特用过的砧板、刀具上，她感觉自己就像个模仿者。她把胡萝卜切成丁，相信维奥莱特也这么切过。她买来新的木勺，因为维奥莱特的那些都不好使了。她粉刷了楼梯扶手的竖栏杆。她还粉刷了那扇从不开启的前门里头的一面。她把那一堆堆妇女杂志处理掉了，那是她在楼上一个小橱里找到的，很有些年头了。她扔了一个油炸锅，因为她觉得那玩意儿不干净。她订购了新的厨房塑料地板。她定期给屋后的花坛锄草，免得有人上门来说她把这个地方搞得了无生气。

事情一直就是这样一分为二：什么要保留，什么要改变。当她照料花坛的时候，她是在向维奥莱特让步吗？当她扔掉一个油炸锅和三把木勺的时候，她是在向琐事屈服吗？无论做了什么，事后贝尔总会怀疑自己。维奥莱特矮矮胖胖，一头灰发就跟临终时一样，肉鼓鼓的脸把眼睛挤得小小的，仿佛要令人生气地发号施令。而那位她们共有的盲人丈夫，不是在这间就是在那间屋子里轻柔地拉着小提琴，何曾知道他的第一个妻子衣着难看，身材走样，邋里邋遢，脏兮兮地下着厨。活着的是贝尔，她享受着一个男人所有的爱，她占有了他前一个女人的财产，住着她的房间，开着她的车，这还不够吗。事情应该就是如此了，可是，随着时间的流逝，这些对于贝尔来说，似乎根本不算什么。他在那段将近四十年的婚姻里一成不变，由着自己，一副神圣不可侵犯的样子：一直都是如此。

结婚一年后的某天中饭时间，贝尔将车开到一片田地的通道处，夫妇俩坐在车子里，他说：

"告诉我，你是不是受不了了？"

"受不了什么，欧文？"

"开着车在郡里奔来跑去。送我去又接我回来。无奈地坐着听我唠叨。"

"没什么受不了的。"

"你可真有好性子。"

"我觉得自己一点也不好。"

"那个星期天我知道你在教堂里。我闻得出你身上的香水味。哪怕坐在风琴那儿我也闻得到。"

"我永远也不会忘记那个星期天。"

"你允许我给你介绍那些墓碑的时候,我爱上了你。"

"那之前我就爱你了。"

"我不想让你太累,调完那些钢琴后还要东奔西跑的。我可以放弃的,你知道。"

他愿意为她那么做,他说的时候,她想。对于一个女人来说,他算不了什么,过去他说过这话:不过是一个来日无多的瞎子。他坦承,在他起念要娶她的时候,他憋了两个多月没有向她开口,因为他比她更清楚,假如他说愿意,她将为此付出什么。"那个贝尔最近看上去怎么样啊?"几年前他问过维奥莱特,维奥莱特起先没吭声。接着,她说的似乎是:"贝尔看上去还跟个姑娘似的。"

"我可不想你不工作。永远也不,欧文。"

"你是我的心肝,亲爱的。别说自己不好。"

"这也能让我四处走走,你知道。比我过去去过的地方要多得多了。在通往那些陌生人家里的大道上开着车。去那些我从来没去过的镇子。认识一些我从不认识的人。以前我的生活圈子多么狭小。"

　　狭小这个字是无意说出来的，可也没什么。他没有回应说他理解那种狭小，因为这么说不是他的风格。自教堂的那个星期天之后，他们逐渐熟知起来，他说他经常想起她在她哥哥的首饰店给顾客买的东西打包的情形，有一年她也为他买给维奥莱特作生日礼物的手表打过包。他还想象她晚间放下橱窗的格栅，锁上店门，上楼与哥哥一家坐在一起的情形。婚后她对他说了好多事：她的大半辈子都是怎么过来的，唯有那群鸡是属于她的。"穿得很漂亮。"在说到这个被他拒绝的女人还跟个姑娘似的时候，维奥莱特加了一句。

　　没有什么蜜月，但是几个月之后，他寻思这样跑东跑西对她来说是不是太累了，于是他把她带到一个海滨胜地，这地方他和维奥莱特来过好多次，一待就是一星期。他们住在同一个家庭旅馆——桑·苏西，漫步于长长的、空荡荡的海滨大道，漫步于云雀在倒挂金钟间窜来窜去的巷子，还有那些悬崖。他们在马雷的酒馆里喝酒。他们躺在秋日阳光下的沙丘上。

　　"你真好，还想得到这个。"贝尔朝他微笑，很高兴，因为他希望她快乐。

　　"为这个冬天养精蓄锐，贝尔。"

　　她明白，这对于他来说不容易。他们来这儿是因为他不认识别的地方，出发前他就知道到了这里以后他会有一场情绪的波动。她已经从他的脸上看出来了，那是为了她的一种坚忍。私下里，他被大海和海草的气息所触动，背负着背叛的内疚。家庭旅馆里的那些声响是维奥莱特也听到过的。对于维奥莱特而言，那杜鹃花的香味同样也绵延到十月。是维奥莱特第一个说起沐浴一个星期的秋日阳光会让他们为这个冬天养精蓄锐：在他说出这句话的片刻，可以在他脸上看出这一点。

"我要告诉你咱们的计划，"他说，"回去以后，要给你买台电视机，贝尔。"

"哦，可你——"

"反正你会说给我听的。"

说这话的时候，他们正走在岬上的灯塔附近。他应该跟维奥莱特说过给她买电视机的，但维奥莱特准是说她可不想要这玩意儿。永远也不会打开的，她多半是这么辩解的；不管怎样，那玩意儿只会让你变傻。

"你对我真好。"这是贝尔说的话。

"啊不，不。"

他们快到灯塔的时候，他叫了一声，一个男人从窗户那儿应了一句。"稍等。"那人说道，他打开门的时候，一定猜到他认识的那位妻子已经去世了。他们进了屋，说到故人与再婚，他提议道："来一杯怎么样？"主人倒上威士忌，三只玻璃杯举起来致意的时候，贝尔感觉这是在向她致敬，虽然没有人这么说。回家庭旅馆的路上下起了雨，假期的最后一晚了。

"冬天很合适，"第二天她冒雨驾着车，雨就没停过，他说道，"电视机。"

电视机买来了，放在厨房隔壁那间原来被叫做起居室的小房间里。他们大多时候就坐在这里，收音机也在这里。电视机买来两个星期后，贝尔弄来一条小小的黑色牧羊犬，那是一个农夫不想要了，因为它怕羊。这条狗就成了她的，而且一直就被叫做"她的"。她喂它食，照顾它。她把它放在车里，带着到处走。她还给它取了个新名字"玛吉"，一叫它就会答应。

即便有了狗和电视机，家里添置也扔了一些东西，丈夫这么真诚地爱她，告诉她她很好，对于贝尔来说，一切依然如旧。那个挽着她丈夫胳膊那么久的女人，那个带着他走家串户，让他小心摆弄钢琴，让钢琴起死回生的女人依然宣告着她的存在。她不像一个讨厌的幽灵，让无情的幻觉似有似无，而是将她的一部分附在了她所爱的这个男人身上。

欧文·德罗姆古尔德敏感的地方是别人没有的，他仍旧觉察出他第二个妻子的不自在。她知道他感觉得出来。这便是为什么他提出不再工作，为什么他要带她去维奥莱特也去过的海滨，忍受着背叛的内疚，为什么如今会有一台电视机，还有一条牧羊犬。他已经猜到她为何要重漆厨房那扇门。他怀着骄傲，与一个认识维奥莱特的男人一起，对她高高举起酒杯。他怀着骄傲，与她一起坐在家庭旅馆的餐厅还有马雷酒里。

贝尔叫自己记住这一切。她叫自己回想在灯塔里的小橱里拿出的那瓶约翰·詹姆森，回忆着家庭旅馆里的声响。他知道，他竭尽全力地宽慰她；他的爱无微不至。可是，维奥莱特会告诉他哪些叶子在变颜色。维奥莱特向他报告潮水是涨了还是退了。贝尔意识到这一切已经太晚。维奥莱特就是瞎子丈夫的眼睛。维奥莱特没有给她留下透气的余地。

　　一天，他们正驶离他们去过的最远的一户人家，那地方贝尔还是头一次去，他说：

　　"你以前见过那样一间阴沉沉的屋子吗？是不是挂着圣像的关系呢？"

　　贝尔倒好车，笔直开，缓缓地通过那道三十年来不曾加宽的大门。

　　"阴沉沉？"她将车开到一条像是河床的窄路上，尽量绕着路上的凹坑迂回前进。

　　"以前我们怀疑，会不会是因为他们不想用像墙纸那样彩色的东西，以免对那些圣像有失敬意。"

　　贝尔不置一词。她把沃克斯豪尔汽车安然开上柏油路，又默不作声地开过一大片泥塘。格雷纳罕太太家放钢琴的那间屋子里的圣像仿佛历历在目：圣母与圣子，圣心，圣凯瑟琳和她的百合，独自一人的圣母，头顶光环的耶稣。它们挂在难以形容的棕色的墙壁上；壁炉架和拐角一个书架上摆着些雕塑。格雷纳罕太太把茶水和点心端进那间忧郁的小屋，声音压得低低的，仿佛圣人们要求她那样。

　　"什么像？"贝尔头也没回地问道，尽管她可以回一下头，因为前方既没有其他车辆也没有泥塘。

　　"那些画不再挂在那里了吗？那屋子不是挂满了圣像吗？"

　　"他们一定是取下来了。"

"那现在那儿挂的是什么？"

贝尔略微加快了车速。她说不知打哪儿窜出一只狐狸，穿过马路跑到左边去了。现在还站在那里呢，她说，狐狸都那样。

"你是不是想停下车去看看，贝尔？"

"不，不，它现在跑了。那架钢琴以前是格雷纳罕太太的女儿在弹吗？"

"哦，是的。她有好些年没见着女儿了。过去我们说是那些个圣像把她吓走的。现在墙上是什么样子？"

"条纹墙纸。"贝尔又加了一句，"壁炉架上有一张她女儿的照片。"

过了些日子，有一天，他说起米纳的修道院里有个修女，红红的两腮就跟熟透的苹果似的，贝尔却说，最近那修女脸色白得像粉笔，面孔病恹恹的，都凹下去了。"这么说，她是病了。"他说。

突然间，贝尔壮了胆子，也不管别人会怎么想，将维奥莱特种在屋后花坛里的植物拔了个精光，全都种上草。她告诉丈夫杜西加油站里的变化：德士古取代了埃索。她描述着德士古的标识，那颗大大的红星还有组成这个词的几个字母都是怎么排列的。她避免在杜西加油站停车，以免攀谈聊天，省得他问杜西是不是卖埃索汽油让他亏本了，或者别的什么。"哦，不，实际上，我想那不是银的，"贝尔说的是巴纳高姆大宅大厅里的那只孔雀，"要是他们把它擦干净了，我敢说那底下是铜的。"楼上两头的那两张沙发松垮垮地套上了新的罩子，上面是一束束五颜六色的菊花。"哦，不，不瘦，我觉得他不瘦，"贝尔拿着她丈夫父亲的照片说道，"一张壮实的脸，我想说。"那个牙齿曾被形容为一阵大风似的学校老师，如今差不多是一口假牙，笑起来很庄重。麦克科迪家亮白色的外墙饱经风霜，差不多都可以说是灰色的了。"是勿忘我那样的蓝，"有天贝尔说到山的颜色，那天的天气将群山衬得很蓝，"你简直难以置信。"从此，钢琴调音师家里不再管山的蓝色叫作烟一样的淡蓝。

欧文·德罗姆古尔德的手指在树皮上飞快地掠过。他分辨得出那些形态各异的叶子；他分辨得出荆豆与黑莓的刺。他根据鸣叫分辨鸟儿，听着吠叫分辨狗儿，还能根据腿间的触碰分辨那些猫儿。他知道墓碑上的那些字，管风琴上的那些音栓，还有他小提琴上的按弦。他知道什么是红色，认识冬青树和枸子树上的浆果。他还闻得出薰衣草和百里香的气味。

这一切，从他身上是夺不走的。要是一夜间厨房门把手的红漆掉落了，那没有什么要紧。要是厨房里传来他过去不曾听到的瓷灯罩打碎的声响，那也没什么要紧，要紧的是某种如同梦一样脆弱的东西受到了伤害。

他选择的第一个妻子衣着邋遢：从沉默和变化的语调中——不仅仅是从话语间——他现在知道了。她的灰发乱糟糟地散在肩膀上，背还有点驼。他戳戳点点地走路，这一对沉浸在永恒幸福中的老两口，一路走来，看上去比实际要老。她连只苍蝇也不会打，她不是那种会叫人嫉妒的人，当然，老是摆脱不了昔日那幸福的阴影，老是要跟昔日的那种纯朴较劲，对于一个新任的妻子来说也着实是折磨。他把自己交给了两个女人；他还没有从第一个那里抽离出来，也没有从第二个这里离开。

每个有钢琴的人家都跟过去大相径庭了。珀蒂尔太太戴的珍珠项链是蛋白石的，基勒思那个文具商苍白的皮肤上长满了雀斑。奥基山上那两排橡树真的是山毛榉吗？"当然了，当然了。"欧文·德罗姆古尔德同意了，因为他只有这样做才公平。不能责怪贝尔提出自己的主张，要不是受到了伤害与破坏，这些主张也不会提出来。贝尔赢得了结局，因为生者总是赢家。而这似乎也是公平的，因为维奥莱特赢了开局，并且度过了更为美好的岁月。

友 谊

　　杰生和本——俩孩子都是金发，一个十岁，一个八岁——发现一桶搅拌好的水泥重得实在提不动，于是又倒掉了一半。他们一起拎着桶的把手，认为现在可以运送这桶东西了，尽管本还在抱怨。他们把桶从后院提来，穿过厨房走进门厅，他们父亲的高尔夫球袋就放在门厅的角落里。那袋子，还是新买的，装着球棒、轻击棒和一套备选的铁头球棒，不同的侧袋里还装着球座、球和手套。那袋子前面放着把椅子，两个男孩此刻正费力地爬上去，一边还颤颤巍巍地抓着那只桶。他们练习过；他们知道自己正在干什么。

　　这样来回五趟，高尔夫球袋里便灌进了半袋液态水泥，椅子放回了厨房，门厅地砖上溅上的泥点子也擦掉了。之后，几个在"红狮"吃完午饭的锅炉房改建工回来了。

　　"我们什么也不知道。"杰生教他弟弟这么说，两人注视着工人往水泥搅拌机里铲进更多的沙子和水泥。

　　"什么也不知道。"本乖乖地学样。

　　"走，去看《枪神》吧。"

　　"好。"

半小时后，当他们的母亲同朋友马尔吉一起回到家时，是马尔吉发觉门厅里有股异样的气味。好奇心使然，她东捅捅，西戳戳，找到原因后，她乐了，因为她觉得这个恶作剧的受害者会从这一令他威风扫地的侵犯事件中得到教训。她把前门打开了一会儿，好让新搅拌水泥的气味消散。男孩们的母亲弗兰西斯卡，还浑然不觉呢。

　　"过来！"弗兰西斯卡叫道，男孩们叽叽喳喳地走进厨房吃冻鱼条和豆子，本不喝酸奶，因为有人告诉他那是馊掉的牛奶，杰生喝的是利宾纳果汁而不是热巧克力。

　　"看电视前写完作业了吗？"弗兰西斯卡问。

　　"写了。"本扯谎。

　　"我打赌你没写。"马尔吉说道，她翻着杂志，并没有抬起头。弗兰西斯卡忙着弄吃的，没听见。

　　弗兰西斯卡高高的个子，一头浅色的直发在阳光下闪着光。马尔吉是个小个子，棕黑色的眼睛，手指纤细。她们很小的时候就认识了。

　　"马丁代尔小姐的妈妈死了，"本透露道，打破了愈来愈沉闷的寂静，"有人强奸了她。"

　　"上帝啊！"弗兰西斯卡惊呼。马尔吉合上杂志，那上面没什么让她感兴趣的东西。

　　"马丁代尔小姐看见那个人了，"杰生说，"马丁代尔小姐正好到家，瞧见了这个家伙。起先她说是个黑人，接着又说也可能是别的肤色。"

"你的意思是，发生了那种事情，马丁代尔小姐今天还去学校了？"

"马丁代尔小姐有责任感。"杰生说。

"实际上她到得非常晚。"本说。

"对那个可怜的女人来说，实在是太糟了！"

弗兰西斯卡告诉她朋友，马丁代尔小姐戴眼镜，个子矮小，哪里承受得了这样的事情。本说所有的女孩子都哭了，马丁代尔小姐自己也哭了，她的脸都皱了，看上去很滑稽因为实际上她哭了一宿。

马尔吉看着杰生在着急，担心弟弟把谎扯大了。他们还可以说是马丁代尔小姐被谋杀了；他们可能原本就这么打算的，只是及时改成了她母亲。要是他们说是马丁代尔小姐就行不通了，因为马丁代尔小姐迟早会在家长会上露面。

"现在放《邻居》了。"杰生说道。

"已经开始了。"本说。

马尔吉点了一支烟，现在就她和弗兰西斯卡了，她想喝杯酒。她给两个人倒上了金酒和沁扎诺酒，说她不相信马丁代尔小姐的母亲碰上了什么麻烦。弗兰西斯卡被弄糊涂了，从正在洗的盘子上抬起头。接着，她一言不发地离开厨房。马尔吉听见她责备儿子的声音，她在对他们讲，说一个明明还活着的人死了，是件多无礼、多促狭的事。电视的声响一下子停了，楼梯上响起脚步声。马尔吉打开一包嫩牛肉片。

弗兰西斯卡和马尔吉还记得她们两岁的时候在一个花园里第一

次见面的情景，后来她们断定，当时弗兰西斯卡在笑，而马尔吉则沉着个脸。到了她们的学生时代，两人都不喜欢那个好挖苦人、戴着树脂假牙的老师，都觉得上门来的那个数学老师好帅，虽然两人谁都不把这门课当回事。再后来，尽管弗兰西斯卡自己的婚姻生活相当平静，可她依旧是风流韵事不断的马尔吉的闺蜜。马尔吉给弗兰西斯卡的生活带来了一些温和的刺激，弗兰西斯卡明白，马尔吉永远也不会遭受自己所惧怕的那种孤独，那种假如她不生孩子，势必会存在的空虚感。她们差不多每天都要打电话，东拉西扯，或者交流些新闻，什么内容倒不重要。她们共有的基础就是友谊本身：她们有着一些相同的趣味和观点，但仅仅是一些。

当杰生和本的父亲菲利普一小时后回到家里时，弗兰西斯卡和马尔吉已经端着金酒和沁扎诺酒以及剩下的嫩牛肉片、她们的玻璃杯，挪到了客厅。

"嗨，菲利普。"马尔吉跟他打招呼，看着他亲了亲弗兰西斯卡。他冲马尔吉点了点头。

"马尔吉要给我们做西班牙烩菜饭。"弗兰西斯卡说。马尔吉知道，要是菲利普转过脸去，准是偷偷地在叹气。他不喜欢她的西班牙烩饭，不喜欢她把香草色拉拌在里头。但他从来都不说，因为他太客气了，可马尔吉心里明白。

"噢，好啊。"菲利普说。

他不喜欢打开家门时迎接他的那股香烟味，也不喜欢客厅里传来的声音。他不喜欢那皱巴巴的装嫩牛肉片的袋子，还有放在他写字台上的金酒瓶和味美思酒瓶，讨厌残留着马尔吉唇彩的烟蒂，还有马尔吉脱了鞋，懒洋洋躺在地板上的那副样子。马尔吉也用不着去瞧菲利普板着的面孔上有没有流露出那一小撮反感。她知道没有；他从来都不动声色。

"他们太不像话了。"弗兰西斯卡说起了马丁代尔小姐母亲的事。

马尔吉瞧着他。他精瘦的面孔没有丝毫变化；他连眼睛也没眨一下就转身走到了敞开的落地窗前。他在《名人录》里填的爱好是高尔夫和园艺。

"不像话？"末了他重复了一句，音调也变了——弗兰西斯卡没注意——让马尔吉想到他这是质疑在家里使用这样的字眼是否有必要。他很高兴被收入了《名人录》：这是他一生的一个里程碑。总有一天他会成为高等法院的一名法官：大家都这么说。总有一天他会被冠以一个头衔，弗兰西斯卡也会，因为她是他妻子。

"我可真对他们光火了。"弗兰西斯卡说。

他不知道这里头到底有什么名堂，也记不起马丁代尔小姐是谁，因为弗兰西斯卡没说过。马尔吉冲着她朋友的丈夫微笑，仿佛对他的糊涂心知肚明，又像是心怀同情。要到周末他才会发现他的高尔夫球袋被灌了水泥。

"你上去的时候对他们凶一点，" 弗兰西斯卡恳求道，"告诉他们，在人背后胡说八道是件要命的事。"

他点了点头，半个背对着她，依旧凝视着花园。

"来一杯吧，菲利普。"马尔吉提议，一般喝上一杯情况会比较好，但不能喝太多。

"好的。" 菲利普应道，却没有给自己倒酒的意思，而是径直出门进了花园。

"我让他不高兴了，" 弗兰西斯卡差不多立刻就做出了反应，"他离家不过那么一小会儿，我却在跟他抱怨孩子。"

她跟着丈夫进了花园，过了几分钟，当马尔吉在厨房里准备她的西班牙烩饭食材时，她瞧见他们在灌木丛间漫步，一丝不苟地打理那些灌木是他在法院工作一周后的一种放松。孩子们要等他上楼跟他们道了晚安才会睡觉，要是睡不着，他们也会装睡；他不会因为那些他不明白的事去训斥他们。当然，他要做的不过是问几个问题，但就这他也不会，因为他对家务事不感兴趣。没错，那回斯利特太太挂在后门钉子上的头巾不见了，他倒是询问过——好像他还在法庭上一样。他得出的结论是：那个蠢女人一定是把她的头巾落在公共汽车上了。他不假思索地否定了弗兰西斯卡的看法，她相信是一个路过的贼发现后门敞着，便进屋顺手牵羊了。没人会要这种布，菲利普坚持认为，在他看来并没有什么小偷。当然了，他是对的。马尔吉想起两个男孩的指甲缝里嵌满了泥巴，便猜想那头巾是被拿去包裹本的那只豚鼠梅布尔了，之后他们再把它埋到了树篱旁的沙鼠和豚鼠的墓地里。

她一边嚼着她的香草色拉，一边抽着烟——当他穿过厨房就会注意到，还会发出无声的哀叹——马尔吉寻思，为什么菲利普的出现总会让她这么难受。他的模样也算得上帅气，严格地说他并不让人乏味，也不会傲慢地将自己的观点强加于人。她猜想，答案是，他不过就是某种类型的男人，对异己之流不甚友好，这甚至是情不自禁的。有好几次在这个家举行的聚会上，马尔吉碰见过菲利普的法院同事，给她的印象是，他无疑地位较高，别人对他既忠诚，又尊敬。他严谨，公正，如刀片般精确，令法庭上的对手生畏，而且他专业精通，不至于愚蠢到那种地步：在他所期待的事业巅峰，他肯定不会像那些臭名昭著的老一辈法官那样，从一个庭唠叨到另一个庭，做出一些荒唐的判决，在真实世界的边界之外不知所措。另一方面，在妻子们和女性熟人这个圈子里，他又是众所周知的"讨厌鬼"，这指的是聚餐的时候，谁要是被安排在他边上，谁就倒霉。每逢这种场合，当他说完储备的客套话之后，便不再开口，对那种闲聊也显得毫无兴趣，渐渐地那闲聊便直愣愣地针对着他。要是一桩纯粹讨好他的诙谐趣闻讲完了，他会直不愣登地来一句，"我明白。"从头到尾他都不会觉得不自在；苦恼的永远是别人，而不是他。

这厢马尔吉沉浸在罗列菲利普那些或讨人喜或招人嫌的性格，那两口子正好从厨房窗下走过。弗兰西斯卡透过窗玻璃冲她朋友笑笑，像是在说，她丈夫一回来，她就冲他发了那两个小子的牢骚，现在一切和好如初了。接着，马尔吉听见客厅的落地窗被关上了，还有菲利普穿过门厅的脚步，他往孩子们的卧室去了。

弗兰西斯卡进来帮忙，打开酒瓶。她一边聊着其他事，一边在福米卡塑料贴面的餐桌上摆上花格餐垫、刀叉，还有玻璃杯。这还不全是因为菲利普，马尔吉寻思；要不是他跟另一个人结婚，她肯定不会那么在乎他。她琢磨的是这段婚姻本身；她朋友的婚姻令她惊讶。

马尔吉和弗兰西斯卡三天两头地在当地一家叫"鳟鱼"的小餐馆吃中饭。那是一个优雅的聚会之地，虽然不贵，空间也不大，只供应鱼和一些意大利奶酪。它小而明亮，总是熙熙攘攘的，装饰的风格是那种流行的铝和玻璃，亚光的白色表面。墙也是白色的，地上铺着彩色瓷砖——一种甲壳纲动物的花纹，吧台上也是同样的花纹。有两名女招待——一个来自西西里，一个来自萨莱诺——为顾客服务。通常，弗兰西斯卡和马尔吉总是点多佛鳎鱼和色拉，外加一瓶佳薇干白。

"鳟鱼"在巴恩斯，离昔时古玩店不远，马尔吉眼下在那里上班。上午，弗兰西斯卡在附近的小橡树幼儿园帮忙，杰生和本过去都上过这个幼儿园。马尔吉之所以在昔时古玩店工作，用她的话来说，是因为"就目前而言"，她同那地方的老板有些瓜葛，此人，还用她的话来说，"厌倦了婚姻"。

星期二那天，菲利普发现高尔夫球袋里的水泥之后，她俩又在外头吃中饭，坐在"鳟鱼"摆在人行道上的三张桌子中的一张旁，六月的天温暖而明媚。马尔吉两个月前开始在昔时古玩店上班的时候，弗兰西斯卡乐坏了，因为这意味着两人碰面的机会更多了：马尔吉住得有些远，在河对面的皮姆科利。

"他自然是大发雷霆，" 弗兰西斯卡说，"我是说，他们说这不过是开个玩笑。"

马尔吉大笑。

"我是说，这怎么可能是开玩笑？说马丁代尔小姐的母亲死了，这怎么可能也是开玩笑？"

"斯利特太太的头巾出现了吗？"

"你难道认为斯利特太太的头巾不是他们偷的？"

"我想的是，你可真幸运有两个这么可爱的孩子。想象一下，要是他们从来都不是那么老实本分的话会怎么样。"

"那该有多好！"

弗兰西斯卡说起高尔夫球袋被发现之后随之而来的那场争吵，这是她婚后最厉害的一次吵架，她说。她理所当然地也遭到了怪罪，因为很清楚，从发生的一切来看，孩子们一度独自在家，而当时是不应该出现那种情况的。菲利普想知道这是怎么回事，他那副法庭的派头使得他的质问和争执犀利无比。他家的孩子成为"钥匙儿童"多久了？他们怎么会变成这副样子？

"真希望我生的是女孩，"弗兰西斯卡气呼呼地抱怨道，"现在我常那么想。"

她们的多佛鳎鱼上来了。"又不是找不到帮手，"那个西西里女招待把盘子放在她们跟前，很不高兴地咕哝了一句，"每天我们都在说顾客太多了。要说两遍，兴许要说上一百遍。每天他们都在保证。第二天又一样。"

"荒唐。"马尔吉朝胖嘟嘟的西西里女孩同情地笑了笑。"可怜的弗兰西斯卡。"她捏起一片生菜，对她的朋友心怀同情。

但弗兰西斯卡依然沉浸在刚才那场口角的细枝末节中，几乎没听见。起码在一小时后，菲利普又开始滔滔不绝；他们兴许吵了差不多有两个小时。上午在幼儿园照看别的孩子，下午却对自家的孩子不管不顾，真是荒唐。那天杰生和本被提前送回家了，她事先接到过通知但又忘了，要是她记得的话，自然会在家里的；这些分明纯粹就是废话，哪里犯得着去听，连想都不用去想。斯利特太太一点准时离开家，而弗兰西斯卡一般都是三点前回来，远远要早于孩子们回来的那个时间。杰生和本又不是脖子里挂钥匙的儿童；她偏偏在这一天犯了个错误；她忘了；她很抱歉。

"要说对你还有什么要求，"这是最后扔给她的一句批评，"就是看好孩子，弗兰西斯卡。依你所愿，家务事都有人帮你干了。我相信你不会要求太多。"安迪·薛尼格录像带的事也被提溜出来，当时杰生犟头犟脑地坚持说那是社会科学课要用的。安迪·薛尼格的录像带本来也不会被发现，可是它被卡在了录像机里，没完没了地重复一组医生手术室里一个裸体女人的镜头。"你甚至没顾上看一眼那上面都是什么。"当时他曾这么指责，现在他老调重弹，当然，话是没错。这事结束了，所有的一切随之而来；他们将忘记这事；他会带着高尔夫球袋开车去莫特莱克的尽头，一个月不许看电视，没有糖果、蛋糕还有饼干。"我希望你说到做到，弗兰西斯卡。"争执渐渐平息下来，她咽下最后一滴泪水，没有作答。

"哦，老天！"她坐在"鳟鱼"里垂头丧气喊道，"哦，老天，罪过啊！"

为了让朋友高兴起来，马尔吉坚持换个话题。她讲述起那天上午发生在古董店里的一幕，有个她很熟悉的妇人，还是有头有脸的呢，将一件有王冠标记的德比瓷器悄悄塞进一只购物袋。她还提起自己同店老板的情人关系不太顺利。她们该抽一天空去看看塞巴斯蒂安，她徒劳地建议道。"是该我安顿下来的时候了。"越过卡布奇诺咖啡，她嘟哝着。

"我可不敢肯定塞巴斯蒂安……"弗兰西斯卡开口道，但她的心思依然停留在那令人沮丧的家事上。

"我可常想着塞巴斯蒂安。"马尔吉说。

过后，置身于古玩店内那些光亮的家具、茶几与旋转书橱、镂花长椅残片与缝纫用的小橱之中，感觉凉丝丝的。那组维多利亚时代早期的挂钟——那位厌倦了婚姻的老板的特别藏品——优雅地滴答着；占据了窗户大块面积的基督骑在一头驴上的画像，其投下的影子因为他们的出现而变形了。一对身着夏装，刚才马尔吉在"鳟鱼"便注意到的男女，在这些待售品中喃喃低语。一个男人和另外一个人的妻子，一个妻子和另外一个人的丈夫：马尔吉立刻就看出来了。"当然可以。"当他们问能不能转转看看时，她说道，心知他们什么也不会买：这种情况下，人们很少会买东西。"哦，多漂亮！"女的低声说道，拿着一只装框的奖杯盖——那是一八六八年温布尔登步枪射击赛的奖品，彩绘的。

"我记得是四十五镑。"问及价格，马尔吉答道，又跑去对照了一下价目表。她相信，总有一天，弗兰西斯卡会为她当初仓促间嫁错了人而付出惨痛的代价。听说了那场关于高尔夫球袋的激烈争吵，她感觉那种直觉是有道理的：婚姻会从不妙走向更糟，会从因为两个小孩子的淘气而争执、吵架，发展到为事事而争执、吵架，小吵小闹越积越多。不再相互尊重，曾经像是爱的感情也随之消失。马尔吉从已婚男人那里听到过的太多的怨言都证明了这点，她知道，她还会从妻子们那里听到更糟的。但即便这样，她也承认，也常有婚姻美满的。他们很少这么说，因为很自然那并不有趣，有时候，所谓美满，到头来总有一天，在离婚法庭上，被叫做乏味。

"下次再来。"她向这对夏装男女发出邀请，尽管他们离开时并没有带着那个奖杯盖。

"多谢。"那男的说道，女的把头歪向一边，意思可能是她也表示感谢。

马尔吉午饭的时候之所以提到塞巴斯蒂安，并不是她自己想见他，而是她想到塞巴斯蒂安恰是能让弗兰西斯卡走出阴郁、高兴起来的那个人。塞巴斯蒂安向来轻松幽默，叫人舒服自在，很有感染力。因为多年以前，他曾经想娶弗兰西斯卡，所以马尔吉时常想象，要是她的朋友当初嫁给了塞巴斯蒂安，家里会是一副怎样的情形。

"你好。"老板说着，带着一只摄政时期的马桶走进店来，他轻敷在腋下的膏药的刺鼻气味，外加一股啤酒味随之而来。

"漂亮。"马尔吉评价道，指的是那只马桶。

打电话给塞巴斯蒂安的是弗兰西斯卡。"一个来自过去的声音。"她说，他马上就听出来了，叫出了她的名字。她打电话过来，他很高兴，他说，所有那些曾经再熟悉不过的昔日透过电话的变声，随着他们的对话重又熟悉起来。"马尔吉？"当弗兰西斯卡提议三人一道吃午饭时，他问了一句。听上去他有些失望，不过弗兰西斯卡几乎没注意，滔滔不绝说了好些别的事情，想着这事会如何影响着一切，要是这样或那样，眼下塞巴斯蒂安同马尔吉合得来的话，就像当初她和塞巴斯蒂安一样。她知道塞巴斯蒂安没有成家。他参加了她的婚礼；她也会参加他的，那时，他们的关系便都变了样。弗兰西斯卡想象着，过去的那些年里，塞巴斯蒂安和马尔吉一样过得逍遥自在。婚礼上她曾猜想，他们会就此失去联系，相应的，他兴许也在猜，从道理上讲，那正是她希望的。塞巴斯蒂安，这个从来都没有实际行动的人，倒是在那件事上说到做到。结婚了，过去的便缄口不提，而且最好是划清界限。

"呦呦呦。"他在"鳟鱼"里低声咕哝着，先拥抱了马尔吉，再是弗兰西斯卡。他的金发里已有了斑斑灰色；他的脸色微微有些发红。但是他那双弱视的眼睛里闪烁着两个女人都熟悉的诙谐，他的那双大手在桌上看起来也很温柔。

"你们一点儿都没变。" 塞巴斯蒂安说道，这话是冲着弗兰西斯卡说的。

"哦，天哪，我失言了！"派对上一个女人慌乱地惊叫起来，她闭了会眼睛，半吸了口气。

"不，不要紧。"菲利普说。

"正好——"

"我们经常见到塞巴斯蒂安，实际上。"

他不知道自己为什么要撒谎，随后他意识到他是在挽回面子。当那个女人第一次提到塞巴斯蒂安，问他最近可好的时候，他一直在微笑。那女人几乎马上就自觉失言了，她正结结巴巴、添油加醋地说着，努力用别的话将她先前说的有关在威格摩尔大街没能引起弗兰西斯卡和塞巴斯蒂安注意的事掩饰过去。

"人非常好，"那女人支支吾吾，面红耳赤的，"塞巴斯蒂安。"

一堆零零星星的东西涌进菲利普的脑子。"这辆出租车的车牌号是22003。"他在车里吻过弗兰西斯卡之后说道。那是他们的第一次拥抱，他从司机座位背后那个光亮的圆盘上读出那串数字，两人再也没忘记。弗兰西斯卡送他的第一件礼物是一本关于葡萄酒的书，这本书直到今天，他也不愿意借给别人。

没有谁会像弗兰西斯卡这样诚实，那女人笨嘴拙舌地说着，菲利普陷入了沉思：要相信她说了谎哪怕是知而不言，也是不可能的。然而现在，刚刚过去的这个夏天，同样有这么些零零星星的事情，一切突然间改变了。事情的日期和顺序在菲利普脑子里若隐若现；他擅长速算和精确回忆。借口啊，解释啊，事后想来，都像是精心设计好的。一张掉在地板上的纸条曾被慌慌张张地捡起来。还有什么头痛、取消、道歉。弗兰西斯卡有点变了，当时不觉得什么，但此刻大不一样。

"是啊，塞巴斯蒂安人很好。"菲利普说。

"结束了，"弗兰西斯卡在卧室里说道，"结束几星期了，事实上。"

弗兰西斯卡还穿着衣服，坐在床沿上，瞪着自己刚摘下来的耳环，手掌里的那两只琥珀耳坠。她慢悠悠地把它们摆成一个图形，用另一只手的食指拨弄着它们。卧室里只开着床头灯，光线很暗，弗兰西斯卡在阴影里。

"结不结束没什么区别，"菲利普说，"那不是关键。"

"我知道。"

"你过去从来不撒谎。"

"是的，我知道。我讨厌撒谎。"

就算那事发生的时候，她有时候也觉得并没有发生似的。在最近几个孤独的星期里，那感觉就像是疯狂，实际上就跟那曾经的感觉一样。很多年前，马尔吉说过，爱就是一种疯狂，那时弗兰西斯卡并不理解：过去喜欢塞巴斯蒂安也好，后来爱上菲利普也好，她可从来没有被那种感觉所触动。她最近那莫名其妙的反常就像灵魂出窍，现在又回归了自身，不可思议，就像她总是不能理解一次次的疯狂。

"这可算不上是解释。"当她努力讲述其中一些的时候，她丈夫说道。

"是的，我知道这不是解释。本来我会很快就跟你谈谈那事的；要瞒着你，我可做不到。"

"我甚至没察觉到我遭人厌弃了。"

"有人爱着你的，菲利普。我把那事给了断了。况且，没那么严重。"

两人陷入沉默。"我爱你。"刚刚过去的六月，塞巴斯蒂安对她说过这句话，在七月、八月、九月里也说过。她也爱他。比起她所爱着的其他人，她所爱的孩子，她更爱他：有过那种念头。但现在，她可以说不那么爱了。

尽管猜出了几分，菲利普还是说："同他比起来，我是个呆子。我又老又木讷。"

"不是的。"

"我在园子里溜达，我在高尔夫球场上闲逛。你看着我进入中年白头发越来越多。你不想同我一起步入中年。"

"我从来没有那样想过。从来没有，菲利普。"

"没人看得起戴绿帽子的人。"

弗兰西斯卡没有应答。她被问道想不想离婚。她摇摇头。菲利普说：

"夏天里有一回，你和马尔吉正在谈论一把钥匙，见我进门，你便停了下来，说：'要喝一杯吗，亲爱的？'现在我想起来了。奇怪，破事怎么都一点点想起来了。马尔吉公寓的钥匙，我猜？"

弗兰西斯卡站了起来。她把琥珀耳环放进床头柜的抽屉里，慢慢地脱起了衣服。菲利普，正站在门边，说他一直都相信她的，这话他已经说过了。

"我很抱歉伤害你了，菲利普。"她疲惫不堪，不知不觉地说起了那种陈词滥调，比如说什么塞巴斯蒂安已经像一个幽灵一样被赶走了，什么她最后已将他逐出她的世界。不过她所说的没多大意义，那样的微不足道，几乎没叫人听见。他们之间有的只是多少个周末菲利普在家看孩子，因为弗兰西斯卡需要休息，出门了，同马尔吉一起去海滨某处，马尔吉在那里帮一户出国的人家看房子，还有多少个夜晚，她跑去帮马尔吉粉刷公寓。还有那些个她不再给小橡树幼儿园帮工后空闲下来的上午。没错，那钥匙是马尔吉的，弗兰西斯卡说。皮姆利科那片公寓有处公共花园，钥匙给她留在一丛绣球花旁的一块石头下：这个她没说。带着一种激动的战栗找到了那里：那个，她也没说。

"我很羞愧，因为我伤害了你，"这是她说的话，"我很羞愧，因为我自私，我是个傻瓜。"

"你当初就应该跟他结婚。"

"我想嫁的是你，菲利普。"

弗兰西斯卡穿上睡衣，叠好衬衫，把连裤袜搭在椅背上。她在梳妆台的镜前坐了一会儿，往脸上抹着冷霜，轻轻地拭去泪痕。

"你完全有理由把我赶走，"她说，现在她平静了，"你完全有理由让孩子跟你。"

"你希望那样？"

"不。"

他恨她，弗兰西斯卡想，但她同样知道，这种仇恨仅仅是一种天谴，时间会带走一切。她还猜想菲利普也明白这一点，怨恨某种像流逝的时间一样普通的东西会摧毁他此刻正经受的高涨情绪。但这就是事实。

"这事是偶然的，"弗兰西斯卡说，让一切听上去糟透了，"我以为是马尔吉和塞巴斯蒂安——哦，算了，那并不重要。"

接着，他们吵了起来，刚才还奏效的安宁一时间又被击得粉碎，孩子们被吵醒了，听见他们抬高的嗓门。偷偷摸摸，见不得人，卑鄙，不能信任，无耻，龌龊：这些过去从来都不是形容弗兰西斯卡的字眼，在黎明之前都被用上了。除了这些，还要加上一句：还有马尔吉的教唆。她笑了，默认了，尽管对她而言这一切都不是。

面对劈头盖脸的控诉和对她朋友的谴责，弗兰西斯卡抽泣着，等恢复了理智，她开始反驳。菲利普早就对这个家不管不问了：这可真是种讽刺，倒是她的不检点让他又回归家庭了，让他时不时地得给孩子煮豆子，做培根薯条，检查他们的房间是不是收拾干净，家庭作业是不是完成。至少，是她的谎言促成了这些。

可是，当他们又穿好衣服后，还是没有谅解的意思。还没完呢。宽恕在后头。

弗兰西斯卡在"鳟鱼"里凄凄惨惨地说了一番之后，停顿了一下。马尔吉皱起眉头，开始从桌子那头凑过身来，因为那天店里非常嘈杂。她说她不在昔时古玩店工作了，尤其是她还偶遇了伦敦。

"和我断交？"马尔吉说，弗兰西斯卡点点头：那是她丈夫的要求。

餐馆里人头攒动：年幼的，有钱的，男的和男的，女的和女的，老太太同老头子，老头子同姑娘们，还有一桌子坐了五个生意人。两个女招待应接不暇，哪里还有空抱怨这拥挤的人流。

"可这到底是为什么？"马尔吉说，"为什么你得这么做？"

西西里女招待熟练地打开佳薇白干，往她们的杯子里倒了些。"祝胃口好。"她轻快地祝福她们，过了会儿又返身端来鳗鱼。马尔吉这一问，两人再也没有说话。

"他对某些事情有权利，是不是？"马尔吉捏着一块柠檬，把汁水挤在鱼上，又挤在色拉上，"算是惩罚？"

"他觉得你背叛了他。"

"我背叛了他？我？"

"菲利普就是这么想的。不，不是惩罚，"弗兰西斯卡说，"菲利普没打算那样。"

"那他想怎样？"

弗兰西斯卡没有回答，马尔吉戳了戳盘子里的鱼，此刻并不想吃。某种模模糊糊的强烈要求萦绕在她意识里：她隐约觉察出某种真相，某种过去不曾知道、现在依然不知晓的真相。

"我不明白这话，"马尔吉说，"你呢？"

挽回自尊是一个受了委屈的丈夫应有的权利：她看得出来，也能理解，但除了自尊心，还有别的。

"菲利普就是这么想的，"弗兰西斯卡又说了一遍，"他想的就是这些。"

她明白了，马尔吉想：不管是什么，菲利普用法庭的那一套做派已经逼迫弗兰西斯卡就范了，连自尊心都没提。她还没开口问，自己也明白了：宽恕妻子已是仁至义尽。一个受了委屈的丈夫，被伤得这么深，这么冤屈，如何又能宽恕一个不忠的朋友。

"爱情允许宽恕。"弗兰西斯卡说，她猜测着马尔吉在想什么，作为多年的密友，她常能猜个八九不离十。

但是，马尔吉的思绪已经移走。每一次她同他的孩子们嬉戏，他都会记得这个夏天她扮演的角色：她想象得出他都是怎么说的，还有弗兰西斯卡的沉默。她带给这个家的每一样礼物都会被他视作背叛者的贿赂。这个夏天将一直留在那里，永远保存在这段引发欺骗之事的友谊之中——公寓的钥匙，海滨的房子，保守的秘密，最后的揭露。婚姻试图忘却的东西友谊却永远不会，因为这个夏天已然成为它的另一部分。如今，这友谊只具有破坏性，成了争执和吵架的话题，成了爱嫉妒、气量小和苦恼的原因：这，便被菲利普陈述为他那无懈可击的理由、逻辑。马尔吉仿佛又听到了他的声音。

"这不公平，弗兰西斯卡。"

"只不过看似如此。"弗兰西斯卡停了一下，又说道，"我爱菲利普，你知道。"

"是的，我当然知道。"

在这个拥挤的小餐馆，她们说来说去总是回到原处，刚才降临在她们头上的那突如其来的打击，时不时地消失在网一般的细枝末节中，那就是她们的友谊，那些消失的时光、时刻、场合，不用回忆，而是依然记得，很有自信，聊不完的话，尽管有那么多地方不同，但并不要紧。菲利普，并没有怀着多少意图，照他看来，他正在给予他妻子最好的朋友一个她不曾拥有的高度：她受到的是礼遇，但那个，当然了，是无关紧要的。

"她叫什么来着，"马尔吉问，"那个长着龅牙的女人？"

"海厄特。海厄特小姐。"

"对。就叫这名。"

有一次马尔吉恼了，说弗兰西斯卡不是她朋友，永远也不是，那年她们六岁。还有一次，她们被迫带着那个法国女孩到她们寄宿学校后头的小山上散步，那女孩还抽烟来着。马尔吉同那个把卷子带来的男孩谈过恋爱。弗兰西斯卡的父亲去世了，马尔吉读丁尼生的诗让她振作起来。她们骑自行车旅游，钱花得一点不剩，问一个动坏脑筋的卡车司机借钱。多年以后，马尔吉流产的时候，弗兰西斯卡在照料。

"再来点卡布奇诺吗？"西西里女招待问，她又端来一套咖啡杯放在她们面前，因为她们每个人总是要喝两杯。

"非常感谢。" 弗兰西斯卡说。

两人默默无语，直到最后，看着小餐馆变得空荡荡。两个女招待取下桌布，把椅子翻到桌子上，要拖贝壳图案的彩色地砖。突然间，一丝孤独感让她的内心震颤了，就如同听到了令人不寒而栗的噩耗一般。

"可能需要一点时间，"她开口道，但话是这么说，她知道时间也并不是问题。时间不过是在流逝，但时间在流逝的同时，弗兰西斯卡的内疚却会依然存在：她会一直有一种感觉，她应该做出这一牺牲。她们不会再欺骗；弗兰西斯卡不会第二次犯事了。她会说偷偷摸摸地跟朋友见面是荒唐的，比起同情人幽会，是一种更肮脏的欺骗。

"错全在我。" 弗兰西斯卡说。

马尔吉几乎不易察觉地摇了摇头，心知并非如此，她走得太远了；她居然傻乎乎地为孩子们的一场胡闹生气。她原并不想去摧毁这段婚姻，这个夏天，她只是想给她的朋友一点似乎是她应得的乐子，只是想把她从令人筋疲力尽的孩子、她那同样令人筋疲力尽的丈夫，从斯利特太太、小橡树幼儿园，还有她那过于安全的港湾中解救出几个月。可是，究竟该怪罪于谁，当初的本意又是什么，如今一点儿也不重要了。

"公平起见，"弗兰西斯卡说，"这是菲利普的观点。求你了，说你理解，马尔吉。"

"哦，是的，我理解。"她飞快说道，心知她必须这么做，在这话变得难以出口之前，在所有宽宏大量消失之前。她也知道，某一天，弗兰西斯卡会把这个事实说给她丈夫听，因为弗兰西斯卡就是弗兰西斯卡，只说真话，而不擅长作假。

"过几天见。"当她们终于起身离开的时候，西西里女招待大声说道。

"好的。"马尔吉应道，也是替她的朋友撒了个谎。在"鳟鱼"外头的人行道上，她们在十一月的冷风里站了一会儿，然后各自朝着不同的方向走去。

蒂莫西的生日

　　他们的准备一如往常。夏洛特买了一小条羊羔腿，摘了紫甘蓝和几枝薄荷。都是蒂莫西喜欢的，每年的四月二十三日都会买来，今年这天是星期四。奥多则要保证不能短了金酒：一杯加奎宁水的金酒，接着再来上一杯，这也是蒂莫西的喜好。奥多对此并不反感，实际上主要是不反对去买金酒，因为家里并无别的沾此酒的机会。

　　他们是对六十多岁的夫妇，结婚四十二年来几乎不曾分开过。奥多高高的个子，瘦得跟麦秆似的，瘦削的五官，秃秃的脑门，斑斑点点的脑袋上，头发已所剩无几。夏洛特是个小个子，还很漂亮，一头灰发染成了黑色，梳得整整齐齐，眼睛是夺人的蓝色。蒂莫西是他们唯一的孩子。

　　奥多决定生个炉子，便劈掉一个旧的种子箱用来点火，又装了一篮子木头和泥炭。秃鼻乌鸦在高高的树上呱呱叫着，啁啾不休，它们的窝已经筑好——比去年要多，奥多注意到。下过一场雨，院子里铺的圆石还是湿的。那些草，有的是狗舌草，有的是酸模，有些地方已经绿了。也许等蒂莫西走了以后，同每年四月一样，他会用除草剂清理过一遍。院子边上的那些屋子也该上点心了，木头门的底部都已朽烂，刷在灰泥上的白涂料都已变灰，窗户缝里还长出了悬钩子。奥多决定今年要拾掇一下，但心知，想归想，却是不会去做的。

"冷吗？"他穿过厨房的时候夏洛特问他，他说冷，外头有点凉。因为有炉灶，厨房里从来都不冷。很久以前，他们曾打算买个二手的将军牌厨灶，夏洛特听人说起过这个牌子，换掉那个炉子，但末了，奥多还是不愿意，因为无论如何，还是拿不出这笔钱。

奥多在起居室生起炉子，把旧账簿一页一页地折起来，因为家里不订报纸，也很少买：他们有无线电和电视机，也跟得上形势。这些账簿对谁都没有用了，它们完全属于过去，属于奥多祖父那个年代，甚至比那个年代还要早上好几代。因为要派这个用场，账簿存放在壁炉边上的壁橱里，纸张干燥，非常好点。石板瓦：二英镑十五先令。奥多理着这些引火物，念着上头的斜体字。他划了根火柴，把木头和泥炭堆起来。雨水打在长格窗上；突来一阵狂风，刮倒了花园里的什么东西。

夏洛特把迷迭香塞进她在羊腿上切出的口子里。她干得很利索，对手中这件活娴熟至极。水龙头开着，她洗掉指尖上的油腻，将剩下的迷迭香搁在一边，尽管很有可能用不着这玩意儿，但她不喜欢乱丢东西。

炉子热得很慢；虽然时间还早，半小时内肉也该下锅了，还要烤土豆——这也是蒂莫西喜欢的——十一点的时候。黏黏的、加蛋奶沙司的屈莱弗甜食，还有芥末酱和果冻——宝宝布丁——夏洛特昨晚就做好了。等蒂莫西来了，他会切开薄荷做薄荷沙司，这可是他小时候的任务之一。那时候，他还是个小胖墩呢。

"我去不了。"蒂莫西说，他正待在金纳利先生新近留给他的公寓里。

埃迪没接茬。他翻着《爱尔兰时报》，倒希望是更轻松点的《星报》或者《快报》。他索然无味地看到学校入学考试将被废止，将要举行一场清理犬类运动，还有别的什么发生在利默里克的事。

"我开车送你去吧。"后来他主动提议。蒂莫西这厢的心理变化打乱了他那头的计划，不过他的声音里没有透着不快。他原打算等这屋里只剩下他一人时，就收拾行李离开：乘辆巴士到N4，搭便车做长途旅行，然后一切从头开始。"送你过去没问题的，"他说，"没问题。"

这个建议不值一提，蒂莫西觉得。甚至连感谢也不必。蒂莫西将一头顺滑的金发扎成一个马尾，三十三岁的他不再是个小胖子了。他笑起来的时候，左颊上会有一个酒窝，那是他练就的一个特征。这天早上，他穿戴整齐，就跟平时一样，法兰绒长裤，海军蓝上衣，领尖钉有纽扣的淡蓝色衬衫上系着一条淡蓝的领带。

"到那儿之前我会下车，"埃迪又提议，"你在里头的时候，我就在外面溜达溜达。"

"我说的是我不能面对这件事。"

之后又是一阵沉默，这期间埃迪无声地叹了口气。他熟悉这个做生日的传统，因为每当日子临近，围绕这件事总有聊不完的话。

他听到过蒂莫西对那所名叫库拉丁的大宅的描述：距离巴尔廷格拉斯村四英里远，有条短短的林荫道，入口的大门已经没有了，褪了色的绿漆房门，园子里高高的草，还有废弃的温室。而蒂莫西的家人——蒂莫西一直这么称呼他们——也被栩栩如生地描述过：夏洛特的微笑和奥多的严肃，他们的一言一行，清楚无误地表明两人的相亲相爱，还有他们对库拉丁的眷恋。夏洛特给没剩下多少头发的奥多理发，蒂莫西说你能想象出来。你也能想象，即便他们不是处于那种环境，他们也不富裕：他们身上穿的都是旧的。根据描述，埃迪仿佛看见客厅里窗户下的巴格代拉桌球台，壁炉上方奥多祖先的油画像，有纽扣装饰的绿色沙发，还有从印度或埃及捎回的小地毯。一个家庭昔日的优雅与生气同样也残留在餐厅里，门厅和挂有不少画像的楼梯墙壁也是如此，这些年来餐厅一年也就用上一回，便是四月二十三日这天。除了奥多和夏洛特住的那间，其余卧房都发霉了，天花板上尽是一摊摊灰色的水渍，石膏也剥落了。蒂莫西的那间，已经十五年没住人，还跟他离开的时候一样，不过原先角落里鼓起来的墙纸已经剥落打卷。放置电视机和无线电的厨房，除了蒂莫西生日那天的午餐，奥多和夏洛特餐餐都在这里吃，因为要派这一普通的用场，自然也很宽敞：一个塞满了瓶瓶罐罐和陪伴了一辈子的七零八碎的碗橱，松垂的地板上一张抹得发亮的长桌，周围是几张厨房硬椅。另外，还有奥多起居室里搬来的两把扶手椅，一台蒂莫西送给他母亲的洗衣机，水槽两边的木质泄水盘，格子天顶上用来挂火腿的钩子，还有挂在洗涤室门上方弹簧锁上的一排铃铛。一个令人愉快的地方，那个厨房，埃迪料想，但蒂莫西说大体如此，谁知道这话究竟是什么意思。

"你愿意跑一趟吗，埃迪？去一趟解释一下，就说我人不舒服？"

埃迪犹豫了。他说："金纳利先生去过那里吗？"

"没有，他当然没去过。那不一样。"

听到这句回答埃迪走开了。金纳利先生这样的大好人，怎么会以那种方式去当个传信人呢。金纳利先生给蒂莫西先生送过生日礼物：他腕上的那根表链，还有鞋子、套头衫。"得了，我可不想让你为我花钱。"蒂莫西一两天前讲过。埃迪原本就没这个打算，因此连张卡也没买。

他在厨房里煮咖啡，从比利咖啡店买来的上好咖啡，他学着蒂莫西的样子，估摸着把咖啡倒入渗滤式咖啡壶。喝速溶的会让你得癌，蒂莫西坚持认为。埃迪是个身材魁梧的十九岁小伙，长着一头每天都得用发胶的黑色鬈发。他两眼生得有些歪斜，让他看上去显得贼头贼脑的，这倒是恰如其分地反映了他的本性，一个生性警觉之人，永远都不会让大好机会从眼皮底下溜走。等哪天从芒乔伊大街这套公寓搬出来，他想过得稍微安稳一点，或许可以找个正经姑娘成个家，兴许还可以有个孩子。这套公寓合乎他的心意，他已经在这里住了五个月，尽管——私底下讲——他并不中意某些方面的安排。一度，时间很短，他当过一阵管子工学徒，但那个他也不怎么喜欢。

他把杯子和茶托放在托盘里，连同咖啡、牛奶还有一盘羊角面包，一起端进客厅。蒂莫西放了一张 CD，是那种埃迪不喜欢却从来不说的音乐，洪亮华丽，气势磅礴。这套 B&O 高保真音响是金纳利先生生前的财产，这套房子里的一切都曾经是他的。

"为什么不行？"蒂莫西问道，一边拿起椅子扶手上的遥控器把音量调低，"为什么不行呢，埃迪？"

"我不能做那种事。我开车送你——"

"我不会去的。"

蒂莫西把音量调得更低。他端起埃迪为他煮的咖啡，两颗长长的上犬齿闪着光，就跟有时候一样，脸颊上的那个酒窝也出现了。

"我请你做的不过是传个信。我是在请你帮忙。"

"电话——"

"那儿没有电话。就说我今天人不舒服，去不了。"

蒂莫西掰了半只羊角面包，上面带一点点熏肉，他喜欢的，埃迪在菲兹商店买的。一个特别的忙，他轻轻地重复道，埃迪听得出语气重了。蒂莫西买单，蒂莫西说了算。得了，两个人就演回戏吧，埃迪对自己说，他算了算过去五个月里他挣的那些钱。

褪了色的绿漆大门，连里头也是绿的，因为处在风口，被封了起来。你得从后头进入房子，穿过圆石铺的院子，来到洗涤室的门前。

"他来了。"听见车子的声音，夏洛特叫了起来，过了一会儿，奥多从门厅来到厨房。洗涤室的过道里传来脚步声，接着，有人犹犹豫豫地敲了下厨房的门。蒂莫西可是从不敲门的，两人都觉得有些奇怪，看到一个陌生的年轻人出现，越发不解了。

"呀。"夏洛特说。

"他人不舒服，"年轻人说，"今天感觉有点差。他要我过来跟你们讲一声。"年轻人停了停，又补充道："因为你们没有电话。"

夏洛特的脸蛋开始发烫，两颊变红了。一听生病，她担心了。

"谢谢你来报信。"奥多呼哧呼哧地说，语气里的轻蔑之意让年轻人真想再次一走了之。

"不严重吧？"夏洛特问，年轻人说没精神，一个早上都待在洗手间里，怕是经不住路途的颠簸。他叫埃迪，他解释说，蒂莫西的朋友。说得更确切一点，他补充道，其实是用人，看你怎么看了。

奥多试着不去琢磨这个年轻人。他也不想让夏洛特去注意他，就像他很久以前一直都不想让她去想金纳利先生一样。"金纳利先生死了。"去年的今天，蒂莫西站在离这个年轻人此刻站的位置不远的地方，一边忙不停地喝第二杯加奎宁水的金酒一边说道，"他把所有东西都留给我了，这套公寓，路虎汽车，全都给我了。"老头死了，奥多如释重负，却禁不住担心这样的遗赠是否名正言顺。芒乔伊大街上的这套公寓，在都柏林也数得着的，把乔治王时代风格的抹灰艺术一丝不苟地复原了，因为金纳利先生就是那种人。他们听说过这套公寓，连同它的内部陈设，就像埃迪听说过库拉丁一样。蒂莫西最喜欢描述事物了。

"他闹过一次肚子，"夏洛特带着母亲的回忆说道，"我们吓坏了，还以为是阑尾炎呢。但最后不是。"

"他自己会休息的，会好的。"年轻人咕哝着，不敢正视两人的目光。滑头，奥多暗自想，邋遢相。穿的那双鞋，就是这年头你能见到的那种运动鞋，从前是白的，如今变得龌龊兮兮。黑长裤松松垮垮，毫无挺括可言；脖子里光秃秃的，那件绘着什么动物的红色套衫底下八成没穿衬衫。

"谢谢你。"奥多再次说道。

"喝点什么吗？"夏洛特发出邀请，"咖啡？茶？"

奥多就知道会这样。不管什么情形，夏洛特从来都抑制不住她的好客。她不喜欢别人觉得她不热情。

"那……"年轻人正要开口，夏洛特说："坐会儿吧。"随后她又改变了主意，请他到客厅去，因为生了炉子，浪费了怪可惜的。

奥多没恼。他很少对夏洛特生气。"恐怕我们家没有啤酒。"他们穿过门厅的时候奥多说道，咖啡和茶叶被谢绝了，因为弄起来怪费事的，虽然夏洛特表示没关系。客厅里有的，是巴格代拉桌球台旁边的那瓶雪利酒，两人从来没碰过，还有蒂莫西的科克金酒和两瓶奎宁水。

"我想来点科克酒，"年轻人说，"如果可以的话。"

蒂莫西会改天来吗？夏洛特想知道。他还说别的什么了吗？这还是他第一次错过生日。一年里他们也就聚这么一回，她解释说。

"干杯！"年轻人大声说，并没有回答这些问题，在奥多看来，他是在装糊涂。"真棒。"他抿了一口赞道。

"可怜的蒂莫西！"夏洛特坐回客厅里那张一直是她坐的椅子

里，就在炉火的左边。从长格子窗户射进来的光线落在她那头好看的灰发还有她的半边脸上。他们中会有一个先离世，奥多到了夜里就会想到这事，如今他老想这些。他希望先走的是她；留下忍受孤独和痛苦的是他。谁先走都一样，他希望不得不忍受痛苦压力的那个人是自己。

埃迪坐在沙发边沿上，身体前倾，金酒起效了，他又来劲了。

"真带劲，"他说，"一杯科克酒。"

金纳利先生死的那天，公寓里来了好多人。蒂莫西发的通知，那天夜里人们便来了，而金纳利先生还直挺挺地躺在床上呢。自从金纳利先生在奥康奈尔大街看上他以后，那些日子，埃迪通常是上午去做保洁。上午干一个小时左右，洗前一晚上留下的碗碟什么的，按小时计费；别无其他，那时他甚至还不太懂呢。金纳利先生死的那天，蒂莫西亲自给死者刮了脸，给他穿上粗花呢外套。他还给他喷了点祈丽诗雅须后水，把拖鞋换成了系带皮鞋。他把他整得跟平时一样，当然，除了眼睛是闭着的，这个你无能为力。"晚上再过来，行吗？"他问埃迪，这样的吩咐还是第一次，"还有些人要来。"来的人还不少，在卧室里向死者做最后的告别，之后，蒂莫西在客厅里放起了音乐，他们就坐在那里。从交谈的只言片语中埃迪得知，蒂莫西是遗产继承人，蒂莫西穿的鞋也是死者的，他就是新一代金纳利先生了。"你从来没想过搬进来住吧，埃迪？"过了一会儿蒂莫西表明了意思，事后埃迪猜想，当年蒂莫西在波士桥的报刊经销处打工的时候，也就是他所说的自己最落魄的时候，是不是也是这样被邀请到芒乔伊大街去的。

"说实话，"埃迪坐在客厅里说，"我从来不喝啤酒。"

蒂莫西的父亲——在埃迪看来这样骨瘦如柴，落座的时候你忍不住要想，他会不会把自己给硌疼了——做了一个几乎称不上是点头的动作。做母亲的则说她什么样的啤酒都不会喝。此刻，他俩谁也没喝酒。

"带气泡的我都喝不惯。"埃迪坦言。不知道该说什么好。蒂莫西说，要是他们得知他是特地跑来的，就会留他吃点东西；在他还没明白怎么回事前，他们就会把他当作他们那过生日的儿子了。他父亲叫奥多，蒂莫西告诉过他，千真万确。

"你们住的这个房子很漂亮，"埃迪说，"好地方。"

他对这个房子好奇起来。蒂莫西把路虎汽车的钥匙交给了他，他本来可以轻松地直奔戈尔韦，一个他决计要投奔的城市，因为他不止一次听说那是个很来劲的地方。可事实上，他还是遵照指示，去了巴尔廷格拉斯，又开了一点点路来到库拉丁。回头他再上戈尔韦：沿着通往莱伊什港的N80公路开，这是车上地图指的路，然后经过芒特梅利克和塔拉莫尔，接着是阿斯隆。这些镇子埃迪一个也不认识。他只认识都柏林。

"对不起，"他冲着蒂莫西的父亲说，压低声音，"洗手间在哪里？"

夏洛特多年前已经接受了儿子的生活方式。她从不为此忧虑，因为觉得没必要。

不过她体谅奥多，他的那种失望对她有那么点影响。"这就是蒂莫西想要的生活。"只要她轻轻地辩解，奥多就会别过头去，说什么他不能理解，说——对蒂莫西也这么说——他也不想知道。奥多就是那样；什么也改变不了他。他在库拉丁的梦想已经破灭，所以他一直希望，从蒂莫西孩提时代起，就希望蒂莫西在这个他已经失败的地方重振雄风。想当年，他们还曾留宿客人呢，不过，近来家里好多东西都坏了，维修费用太高，要想不花钱维持下去不太可能。蒂莫西自小就是个爱幻想又实际的孩子：奥多还梦想着有朝一日在库拉丁又会建立一个家庭，到那时，通过某种巧妙的办法，屋子和花园也会被修缮一新。蒂莫西甚至谈论过这事，描述过一番，这是他的喜好：一座繁花似锦的旅店，厨房里满是先进的用具和设施，卧房刷得鲜艳明亮，还有新的墙纸和床上用品。奥多还记得他自己小时候，一度客人们来来去去，住宿是不花钱的，当然了，要是有人付钱，那至少也不是一般人了。

　　"你问问他是不是打算留下来吃午饭。"趁蒂莫西的朋友到楼下的洗手间去了，夏洛特说。

　　"好，我知道。"

　　"我想帮你们把马桶修一下。"埃迪主动说道，说是流往桶身的水流不够。原因不复杂，管子里生锈了。他说自己做过一阵管子工，所以略知一二。"不费事的。"他说。

　　提及午饭，他说不想再添麻烦了，但他们说不麻烦。他从餐桌上拿起一把刀，带着他的那杯加奎宁水的金酒到楼下的洗手间修理去了。

"你真是太好了，埃迪。"蒂莫西的母亲向他道谢，他诚恳地表示不费事的。

他用刀在马桶水箱里拨弄一阵，回到客厅，屋里却空无一人。雨水打在窗户上。炉火不旺了。他往杯里又倒了点金酒，没有再费劲加奎宁水，否则就得开第二瓶。接着，那老家伙拎着一篮子木头，不知从哪儿冒了出来，吓了埃迪一大跳。

"我竭尽所能了，"埃迪说，想着自己刚才拿酒瓶的样子是不是被他看到了，寻思八成是被看见了，"不管怎样，比先前好多了。"

"噢，"蒂莫西的父亲说，一边把几根木头放在炉子上，又从后面加了一块炭，"非常感谢。"

"讨厌的雨。"埃迪说。

是啊，现在下大了，响起回答声，再无别的话，直到他们走进餐厅。"你坐这儿，埃迪。"蒂莫西的母亲引他入座，他遵嘱坐下，坐在两人中间。一只盛着切片肉的盘子递给了他，接着是盛着土豆和花椰菜的蔬菜盘。

"蒂莫西出生那天，也是个星期四。"蒂莫西的母亲说，"那张他们送来的报纸说，王室这天会见了教皇。"

一九五九年，埃迪算了一下，是他来到这个世上的十四年前。他本来想提一下，但料定他们不会感兴趣。那杯科克酒已经美美地下肚，唯一的遗憾是他们没有把酒瓶拿到桌上来。

"这肉很好吃。"他只好这么说，她说这是蒂莫西喜欢的，一直都是。老家伙一味地沉默。老家伙在他说蒂莫西不舒服的时候就不相信。老家伙心里一清二楚，你完全可以照直了说。

"对不起，我离开一会儿。"想着反正已经知道那两个地方在哪儿，埃迪站了起来。他在客厅又给自己倒了些金酒，吞得太急，不由得做了个鬼脸。他又少倒了点，这回没有狼吞虎咽。他在走廊里顺手拿了一个小玩意，像是银的：两条缠绕在一起的鱼，他先前就注意到了。在洗手间里，他故意不关上门，为的是让他们听到冲水声，好以为他一直都待在那里。

"好极了。"回到餐厅，他重新落座说道。

这位母亲问起他的家庭。他说起了塔拉特，既然她老在问，但说无妨。他又聊起吉卜赛人的帐篷，说那东西真他妈的丢人现眼，吉卜赛人就喜欢那样。"原谅我爆粗口了。"他为自己脱口而出的脏话道歉。

"再来点吗，埃迪？"她说着，瞥了眼老家伙，因为他管切肉。

"啊，太好了。"他把刀叉从盘子上拿开，等盘子再递回到他这里，又出现了短暂的沉默，于是他又说道：

"你们的马桶只要再装个新阀门就解决问题了。水压没问题。"

"我一定会装的。"她说。

就在这时——又是一阵沉默，持续了几分钟——埃迪明白，这位母亲也心生疑窦：突然间，她的神情仿佛在说，蒂莫西健康得很。埃迪有一次看见她的目光越过桌子，但老家伙正闷头吃饭。往年生日，蒂莫西总会说金纳利先生的事，说他的"圈子"，说来说去都是描述公寓里来的那些朋友。这么多科克金酒下肚，埃迪头晕眼花地知道了一切，甚至听到了蒂莫西坐在这同一张桌子上时发出的高八度的嗓音。但是金纳利先生是永远也谈不够的。

"当然了，那样用上个几年也没有问题，"埃迪说，屋里越发沉闷了，"如果流下去的水只有一点点，你们就得注意一下马桶的水箱。"

他继续讲着那个坏掉的阀门，结结巴巴，金酒让他变得口齿不清。老头子时不时地点下头，但那位母亲却毫无反应。她神情黯淡，与刚才不停寒暄时的样子判若两人。他们俩是这样认识的，有天她走在库拉丁外头的那条林荫道上，给她的车子找汽油；这事蒂莫西也说过。汽车在一英里外抛锚了；她想就近找户人家帮忙，恰好找到库拉丁。他们一起走回车子那儿，两人相爱了。一辆莫里斯8型，蒂莫西说；那是一九五〇年。"白头偕老，"那天早晨他这么说来着，以一种他有时会用的干巴巴的口气，"到时你就会知道。"

让金纳利先生亲自到这里来一趟也是不够的。他们可以把金纳利请来；金纳利会在这里踱来踱去，对家具和墙上的画评头论足。有见识，他必定会自言自语，他爱用这个词。金纳利也是有见识的人。同性恋是另一回事。

"还有屈莱弗甜点呢。"埃迪听见老太太开口了，随即，她起身把东西端来。

雨飘进来了，比刚才大，从西边过来的。一个路标指示阿斯隆就在前方，埃迪回忆起上学的时候老师教过，说这个镇子差不多位于爱尔兰的中心。他开得很慢。要是警察没来由地示意他停车，他就会被发现血液里酒精超标；要是再无缘无故地被搜身，他就会被发现还藏有偷来的东西，要是被问起这辆他正开的车，而他说是一大早有人为了一个目的借给他的，谁也不会相信。

路虎汽车挡风玻璃上的雨刷轻轻地摇摆，玻璃随之变得异常清晰。一辆卡车开过，溅起路上的积水。电台里，克里斯·蒂伯在唱歌。

也许，趁早把那个银质小玩意儿出手，在阿斯隆的运气就会好些。到了戈尔韦，他就把车子扔在某个停车场。他体会到那金酒留下的唯一结果便是渴，他口干舌燥。

他关掉了克里斯·蒂伯，也没再换别的频道。逃跑是一回事，就像蒂莫西离家一样：他自己就是从塔拉特跑出来的。揭人疮疤是另一回事。十五年了，已足以证明你对同性恋、对那些十足的谎言的观点，足以叫你恶毒地将这些痛斥一番；他们是怎么把他整得一团糟的，是怎么伤害他的，都是应该的吗？沉默的时候，他们始终在闷头吃饭，仿佛盘子里剩着食物会显得太过戏剧性。老家伙对阀门的事点了一两次头，但老太太听见了却毫无表示。开着开着，埃迪觉得头开始有点疼。

"来一壶茶。"别的都不要，到了阿斯隆，他对女招待说。生日礼物还放在餐具柜上，没有让他带走，而蒂莫西说兴许他们会叫他捎带的。当他穿过铺着圆石的院子里的水塘，往车子走去的时候，两个人就站在后门那里，几乎动都没动。当他回头看时，他们已经不见了。

"好极了。"女招待端来茶，埃迪应道，茶装在一只金属茶壶里，还有茶杯、茶托和茶匙。桌上罩着粉红格子的油布，牛奶和糖已经在上头放着了。"多谢。"埃迪说，喝完茶，结了账，他走进雨中，清冷的空气让他的头痛一扫而光。在第一家首饰店，男人说他不收购这种东西。在第二家店，埃迪受到了盘问，他说自己是从法德鲁姆来的，那是他刚才驶过的一个小镇。这东西是母亲给他叫他卖掉的，他解释说，因为她卧病在床，要吃药。珠宝商皱起眉头，把小玩意儿递还给他，再无第二句话。在一家橱窗里摆着装饰品和旧书的商店里，那人开价一英镑，埃迪说他认为这两条纠缠在一起的鱼可不止这个价。"一英镑五十便士。"那人又开了个价，他接受了。

雨没有停。埃迪在雨中开着车，鱼出手了，他感觉好多了。他盘算着要不要在巴利纳停下来再喝壶茶，但又改变主意了。到了戈尔韦，他把车开进第一个停车场，弃车走了。

他们一起收拾碟子。奥多发现客厅里的金酒已被消灭大半。夏洛特在水槽边洗碗。接着，奥多发现走廊里那个小玩意儿也不见了，他慢吞吞地走过去报告这个消息，客人走后，两人这才开始交谈。

"这些事总会发生。"夏洛特又一阵沉默，然后说。

埃迪从戈尔韦的一个酒馆出来的时候，雨快要停了，他刚才喝过七喜，口不渴了，还看了电视剧《格伦罗》。他往市里走去，雨滴没有了。淡淡的阳光在变幻不定的云层下忽隐忽现，照亮了艾尔广场的正面。他坐在一张湿漉漉的椅子上，寻思着要勾搭一个姑娘，但没有一个人走过，他只好起身离开。他什么也不愿意想。既然他就是这种人，他用不着去弄明白什么。像读一本书一样读懂蒂莫西的心思不过是说说而已，说大话也没人听见。

这一天依旧令人心烦，那些影像跌跌撞撞，不停地出现在埃迪纷乱的思绪中。蒂莫西笑着，说自己请他做的不过是捎个信。埃迪把那个银制的鱼藏在手心里。她坐在餐厅里，眼睛里失去了神采。圆石铺就的院子里，雨水打在水塘里，他们站在门口，一动不动。

码头上，大西洋吹来的微风吹干了房屋灰白的石头，把埃迪的脸也吹凉了，他精神为之一振。人们开始出来遛达，一个老头牵着一条毛色发亮的狗，一对讲着外国话的夫妇。海鸥尖厉地叫着，在空中俯冲、争执。把走廊里的那个小玩意儿顺手牵羊也是很自然的事，因为它就在那里搁着，旁边也没人；公平地说，你也可以把它视作清除浮球阀上的铁锈的报酬，要不一下子就得花掉他们十镑。"终生的庆典。"蒂莫西又说了一遍。

"现在晴了。"奥多站在窗边说，夏洛特从炉子旁的扶手椅上起身，站到他边上，望着湿漉漉的园子。他们在园子里一起散步，最后几滴雨水落下来。

"飞燕草被打得够呛。"奥多说。

"还好吧。"

她微微笑了笑。你得接受现实；生闷气是没道理的。他们已经受到伤害，就像是故意的，也受到了惩罚，因为他们中有一个还在失望，还在抗拒。报复心一旦被唤起，就永远没有公平可言：夏洛特洗午饭的碗碟时这么想来着，奥多收拾餐厅时也这么想来着。"对不起。"他拿着没有用过的刀叉回到厨房，说道。夏洛特没有转身，摇了摇头。

他们并不糊涂，跟那位生日的造访者一样；他们心知肚明。他们自己的生活方式、他们的周围是这样的破败不堪，但既然再也回不到从前，这又有什么要紧的。迟早会有关系的，奥多如今想到了；而夏洛特很多年前就知道了。对爱的忠贞不渝让他们挨过了人世的无常与纷争；就算是今天已经过去的那种凄凉感也不能影响到他们的爱。

他们在园子里巡视，谁也没提儿子，这园子如今对他们而言未免大了些，处处破败。他们也没提起儿子身上滋生出的那种忌妒，对他们之间那种爱的忌妒，这忌妒已枝繁叶茂，变成了阴暗和粗鲁。这天所带来的痛不会轻易消散，两个人都清楚。但必须如此，因为这就是现实的一部分。

孩子的游戏

　　一场痛苦的纷争之后，杰勒德与丽贝卡成了兄妹。两人从各自的视角目睹了这场纷乱，杰勒德在一个家，丽贝卡在另一个家。两年的激烈争吵，争执与和解，两年的从头开始，两年的失败与调解，直至最终的攻击与厌弃，组成了他们所见到的这幕闹剧。

　　除了他们俩，两段破裂的婚姻没有留下别的孩子，这场激烈的争吵走向终点时，在家庭成员的分配问题上达成了一项意想不到的协议。显而易见，由当事人自己来裁定要比闹到离婚法庭上令人满意得多。杰勒德的父亲作为整个事件的无辜一方，同意杰勒德应该和他母亲一起生活，因为这样来得方便。丽贝卡的母亲，亦是无辜的一方，声称自己不适合抚养这个由一场令她厌恶的婚姻带来的孩子，她还表示不能容忍自己继续生活在这所婚后的房子里。她声称已经有了自杀的倾向，而周围熟悉的环境会加剧这一念头：为了孩子，她愿意忍受失去孩子的痛苦。"她什么法子都使出来了。"另一个女人坚持认为，但末了，似乎她并没有这样，于是就做出了这样的安排。

一个温暖的星期三下午，也就是"求名"①赢得德比马赛的那天，杰勒德的母亲跟丽贝卡的父亲结婚了。之后，四个人站着，强烈的阳光让他们眯缝着眼，这当儿，有人给他们拍了张照。俩孩子年龄相仿，杰勒德十岁，丽贝卡九岁。杰勒德一头黑发，瘦得要命，还戴着眼镜。丽贝卡一头微红的鬈发，环绕在她圆圆的脸颊旁。她的眼睛很亮，带点深蓝色，杰勒德的眼睛是棕色的，有些幽暗。

他们之间没有好恶可言，对对方既谈不上喜欢，也谈不上讨厌：他们相互还不了解。在这个原本属于丽贝卡的家里，杰勒德是闯入者，但较之母亲的离开，这要容易忍受得多。

"他们会安定下来的。"婚礼后，丽贝卡的父亲在茶室里嘀咕。

看着这两个孩子默不作声地坐在一起，他的新妻子说但愿如此。

他们真的安定下来了。在和平协议里被抛来抛去的这对无助的当事人成了伙伴。他们怀念过去；怨恨和失落把他们拉近了。他们聊着星期天他们去看望的那两个人，还曾聊到事情的中心问题，那两位是如何被打败并且被取代的。

在房子顶层，阁楼已被改造成一个单间，低矮的天花板，落地窗，还新铺了仿佛望不到边的镶木地板。墙壁带点微微的黄色，在一束束阳光的照耀下，浅灰色的镶木地板看上去几近白色。这里没

_____

① 一匹英国血统纯种马的名字。

有家具。两只光秃秃的灯泡从狭长、倾斜的天顶上荡下来。杰勒德和丽贝卡就在这个无人之地玩着他们的结婚、离婚的游戏。这成了个秘密的游戏，要是有人进来，他们立即闭嘴，装出彬彬有礼的样子来掩盖他们的把戏。

丽贝卡想起那天中饭时她母亲在哭泣，当时她正往丽贝卡的盘子里盛豆子呢，突然间就崩溃了，悲痛欲绝。"出什么事了？"丽贝卡问，眼瞅着母亲匆匆离开饭桌。她父亲没吭声，自顾自离开了餐厅，过了一会儿，传来了吵架声。"是你让我恨你的，"丽贝卡的母亲一直在尖叫，那样凄厉，以至于丽贝卡想到隔壁邻居都要听到了，"你怎么就让我恨你了呢？"

杰勒德走进一个房间，瞅见他母亲正捂着半边脸。他父亲站在窗边，望着窗外。他的一只手在背后抓着另一只手，像是极力克制着。杰勒德很害怕，便出去了，他短暂的出现并没有引起注意。

"想想孩子，"丽贝卡的母亲情绪变化了，恳求道，"跟我们在一起吧，就算为了孩子。"

"你这个不要脸的女人！"杰勒德的父亲结结巴巴狂暴地斥责着，他的声音很怪，嘴唇无法控制地怪异地颤抖着。

这样的场景，看上去就像是所有至关重要之事的结尾，后来被这对新伙伴在这个冰冷的安全之地审视着。悔憾消除，伤痛也愈合了；严厉无情成了救星。根据电视传达出的信息，一个罪孽与浪漫共存的世界在这个空荡荡的阁楼里建立起来。"想想那孩子！"丽贝卡模仿道，而杰勒德则是一副他父亲骂他母亲不要脸时的怪相。这很滑稽，因为这对没干好事的家伙如今一派道貌岸然。

"想不出这事是怎么会发生的，"杰勒德对那个内疚丈夫的翻版可不敢令人恭维，但不管怎样，也就被接受了。"真不知道我当时怎么那么傻，居然选她做了我老婆。"

"可怜的人，那不是她的错。"

"就是因为这个，就是因为这个造成了一个可怕的错误。"这句话出自一部黑白老片子，经常被他们借用，因为他们喜欢那个调儿。

要是到了浪漫戏份，他们便压低声音耳语，因为他们不知道说什么好。他们试着在阁楼上迈起了舞步，假装是在一个名叫"红宝石"的舞厅，或是某个叫"夜光"的夜总会；这名字他们是从某个地方的霓虹灯广告上看来的。他们编造了一个酒吧叫"蜂之膝"，丽贝卡说这名字给一个酒吧再合适不过，尽管那其实是家袜子店的名字。他们还编造了一个名叫"盛大宏丽"的旅馆。

"是在哪个低级旅馆里吧？"杰勒德的父亲曾鄙夷地说道，"在哪个当场付钱的低级旅馆里搞他那下流的一夜情吧？"

"不，不是的，"回答说，"相当豪华。"

他们在楼下看一部电视连续剧，剧中那些受了冤枉的人就是用杰勒德和丽贝卡目睹过的方式吵架的。那些走入歧途的人要么在车库里碰见，要么就是大清早的在荒郊野外。

"天哪！"丽贝卡尖叫起来，电视上正在发生的一幕让她微微吃了一惊，"他把舌头从她嘴里拿出来了。肯定的。"

"实际上是她在咬他的嘴唇。"

"可是他的舌头——"

"我知道。"

"太可怕了，看上去。"

"嘿，你就扮埃德温娜夫人吧，丽贝卡。"

他们关掉电视机，爬到房子的楼上，一路上什么也没说。他们关上了身后的门。

"好吧，"丽贝卡说，"我来当埃德温娜夫人。"

杰勒德发出铃声。

"哦，走开！"丽贝卡一直死死看着别处，目光茫然，直到那声音再度响起，她叹着气，从刚才她一直坐着的那块地板上站起来。她无言地哼哼着，马上跑下楼梯。

"哎，请问什么事？"

"是埃德温娜夫人吗？"

"没错，我是埃德温娜夫人。"

"我看到您在报刊店橱窗里的广告。叫什么来着？'好消息'，是不是？"

"请问你想干什么？"

"那上面说您有屋子要出租。"

"什么上面？我刚才在看《达拉斯》。"

"对不起，埃德温娜夫人。"

"你想租间屋子？"

"是的，我想租间屋子。"

"你最好进来。"

"晚上真冷啊，埃德温娜夫人。"

"但愿你不是想借这地方跟情人幽会。我可不想把自己家里搞得乌七八糟。"

"哦，多可爱的小房间啊！"

"假如是过来跟情人幽会，每星期就得十镑多。要是叫应召女郎，还得加十镑。"

"我可以向您保证，埃德温那夫人——"

"这年头，你在报上读到过不少可怕的故事。《选美皇后竟是应召女郎！》，那天报上不还登了这么一篇。你打算找应召女郎吗？"

"不，不，没那事。我的一个朋友和我一直是去'盛大宏丽'的，不过那不一样。"

"你结婚了吧？"

"是的。"

"我就知道。"

丽贝卡的母亲要求知道那罪孽是在哪里发生的。杰德勒的母亲，同样也遭到了质问，交代了那些见不得人的事情都发生在哪里——有一两次是在她情人的办公室，下班后；午饭后，或是五点半喝过酒。先是一家旅馆，到头来就是租房子了。"太无耻了！"丽贝卡的母亲叫道，随即哭得不可收拾，丽贝卡便溜走了。可是，在另一个家里，杰勒德却没有走开。他说接下去吵得不可开交，这间通过特别方式获得的屋子显得至关重要，一提起来，就叫人气不过。

"我在这个糟糕的地方受够了。"丽贝卡最擅长这副哼哼唧唧的腔调了，这种坏脾气的、被宠坏的孩子的声调过去她也来过那么一两回，但立刻就被呵斥住了。

"哦，这地方不赖，亲爱的！"

"太让人难受了。首先，这儿很脏。瞧瞧那些床单，我从来没见过这么脏的床单。其次，埃德温娜夫人也不干净。看看她的脖子就知道了。真是个邋邋肮脏的女人。"

"哦，她没那么糟。"

"厅里有股肉的味道。她从来都不开窗。"

"亲爱的——"

"我想住旅馆。我希望我们都离掉，再重新结婚。"

"我知道。我知道。可还有孩子呢。我感到十分内疚。"

"我心里觉得就是不舒服。每次我一踏进门就有这种感觉。每次看到那脏兮兮的墙纸，我就想吐。"

"我们可以把这地方粉刷一下。"

"我们到'蜂之膝'去喝杯鸡尾酒吧。再也别回来了。"

"可是，宝贝——"

"我们的爱不像从前了。跟我们在红宝石舞厅跳舞那会儿不一样了。我们已经有一年没去夜光了。盛大宏丽也好久没有——"

"你不是喜欢家庭旅馆的感觉吗？"

"我觉得你不再爱我了。"

"我当然还爱你。"

"那就去告诉埃德温娜夫人该为她可怕的破屋子做点什么，我们住旅馆去。"

"可，亲爱的，还有孩子。"

"把小不点们丢到桶里淹死。把他们当礼物送给埃德温娜夫人，与我无关。把他们砌到墙里去好了。"

"我们上床才五分钟——"

"今天我不想睡觉了。这床单不行。"

"好吧。我们去喝杯仙鹿小香槟。"

"我喜欢小香槟。"

要是家里没人，就他两在，那就再好不过。午后不久，等保洁女工离开，杰勒德的母亲出门去做她新近开始从事的一份义工，家里经常便没有人了。他们从一个屋子溜达到另一个屋子，翻箱倒柜。在那些令人感兴趣的东西里，他们找到了信件，有些是杰勒德的母亲写给丽贝卡父亲的，有些是他写给她的。它们放在梳妆台抽屉里一个狭长的纸板盒里，用橡皮筋捆着。这段情事破裂过两次。他们分手过两次，一个离开另一个就活不下去这样的招供出现过两次。他们情不自禁。他们非得再见一次。

"哎呀，哎呀，"丽贝卡来劲了，"真下流，这玩意。"

周末他们各自拜访了那两位受了委屈的父母，到了星期天晚上，杰勒德和丽贝卡就会交流一番。杰勒德的父亲做饭，用洗衣机，给房子吸尘，自己熨衬衫，铺床，给花圃除草。丽贝卡的母亲住在一间卧室兼起居室的房子里，光线很差。她一边看电视，一边吃坚果和巧克力，说一个人犯不着做饭，对这事她丝毫不感兴趣。她在努力撑下去，丽贝卡的母亲坚持说。"你能明白，"她坦言，

"为什么我觉得我不能照顾你，亲爱的？不是因为我不喜欢你。我就只剩下你了。你是我的命根子，宝贝。"

丽贝卡完全明白。这间卧室兼起居室的屋子很不舒服。角落里的沙发床上，白天被胡乱铺着的被褥在一条脏兮兮的粉色床罩下拱着。那些物品，丽贝卡记得，虽然不熟悉，但肯定是她母亲的——小玩意儿，一套茶具，两幅中世纪人的骑马画像，一盏台灯，椅子，地毯，还有一面怎么看也不顺眼的锣——乱七八糟地堆在这个狭小的空间里。她母亲的唇膏抹得很马虎。她身上那些过去穿过的衣服，曾经很漂亮的，如今看上去就跟破烂差不多。她一个子儿的赡养费也不要，坚持说自力更生可以养活自己。她在剧院的咖啡馆找了一份工作，说了好多关于那些从她手里接过咖啡或者茶的女演员的事。这些剧院的事听得人生厌，丽贝卡在星期天的晚上说：可她母亲过去从不让人厌烦的。

杰勒德的父亲就不一样了，他匆匆料理完家务活，腾出时间来招待杰勒德。他不再像过去那样摊手摊脚地躺在起居室里，双腿叫人讨厌地伸在那里，别人走过去，都会绊一跤。有个男孩曾经向杰勒德演示如何趁他父亲不注意的时候，把他的鞋带解开，再绑在一起。他父亲从来不在乎被人嘲笑；不过如今杰勒德吃不准。

"她说她流产过三次，"丽贝卡说，"我从来都不知道。"

杰勒德不明白什么叫流产，丽贝卡其实也不太懂，解释说就是婴儿出来太快了，看上去像是好多一团团的东西。

"我想知道自己是不是被领养的。"杰勒德沉思着。

到了下个周末，他去问父亲，父亲向他保证说不是的。他父亲说他母亲不想再要第二个孩子，但听他的口气，杰勒德断定她根本就不想要孩子。"我是一个错误。"当又只有他和丽贝卡两人在家的时候，他说道。

丽贝卡同意，说有可能就是那样。她说自己应该感到庆幸，因为她不是那一团团东西。"你来当侦探。"她说。

他用指关节在镶木地板上叩了叩，丽贝卡打开门又关上。

"什么事？"

"旅馆侦探，女士。"

"那又怎样？"

"那我就告诉你。根据登记册上的名字，我有理由相信你和你的同伴不是史密斯夫妇。"

"我们当然是史密斯夫妇。"

"我想跟史密斯先生说句话，太太。"

"史密斯先生在洗手间。"

"你肯定就是史密斯夫人吗，太太？你肯定你和洗手间里的那位是夫妻？"

"肯定。"

"你肯定你不是卖淫的？"

"这叫什么话！"

"那看来我们手头这起案子是搞错对象了。请原谅，太太。这些天我们把盛大宏丽旅馆里的人都找了个遍。"

"不碍事，警官。民众有权受到保护。"

"只有王室成员入住盛大宏丽那会儿，这里才打烊。我认识希腊国王，你知道。"

"异想天开。"

"他是个慷慨过度的人。哦，非常感谢，女士。"

"想来杯鸡尾酒吗，警官？加冰块的仙鹿小香槟怎么样？"

"当然可以。哦，还有，太太？"

"要我怎么为你效劳，警官？"

"加油干你那营生吧，随心所欲，太太。"

"小弟弟，"杰勒德的母亲告诉他们，"也可能是个妹妹。"

杰勒德没有问这是不是又是一个错误，因为他从母亲喜悦的眼神里看出来这不是。可能还会有孩子的，当家里只有他们两人在的时候，丽贝卡推测道。她并不在乎这家里有其他孩子这个念头。"他们会是货真价实的。"她说。

还发生了件事：杰勒德某个周末回来后说，他父亲家里有个黑头发的法国女人。她穿着长筒袜在厨房里走来走去，在做饭。此人的出现产生的一个后果便是削弱了杰勒德对父亲的同情。他觉得父亲如今已经没事了，就像他母亲和丽贝卡的父亲一样都安好了。

"对你们来说可是件好事，"当丽贝卡把婴儿要出世的事情告诉她母亲时，她母亲气呼呼地评论道，"对你和杰勒德来说真是太好了。"

当丽贝卡跟她说起那个法国女人的事，她也说这很好。就说了这么一句，事后丽贝卡告诉杰勒德。她母亲喋喋不休，一个劲儿地讲这个那个丽贝卡听都没听说过的名演员的事，令人生厌。她还不停地说这些废话很有趣，丽贝卡并不认同这一点。

"我们来玩她捉奸那场戏吧。"当她把那些废话复述给杰勒德之后，丽贝卡提议。

"好。"

杰勒德躺在镶木地板上，丽贝卡走出房间。杰勒德动着嘴唇，想象着在拥抱。他连舌头都伸出来了。

"这太恶心了！"丽贝卡叫着，又冲进房间。

杰勒德坐了起来。他问她到这儿来干什么。

"一个清洁工让我进来的。她说我会在办公室地板上找到你。"

"你最好走。"杰勒德压低嗓门，对他假想中的伙伴嘟哝着，把自己推起来。

"我早就知道了。"丽贝卡圆圆的脸蛋上真的淌满了泪水。她设法动了真情。她一直都擅长假戏真做。

"对不起。"

"对不起，上帝啊！"

"我知道。"

"她忘了她的衬裤。她走得急，把衬裤落在废纸篓边上了。"

"嘿——"

"她没穿衬裤就走在大街上。地铁上会有男人——"

"嘿，别发怒。"

"为什么不？为什么我就不能想干什么就干什么？难道是我的

错？你同一个下等妓女躺在地板上，却叫我表现得跟圣母马利亚一样。”

"我没有指望你像任何人。"

"你想一夫二妻，是不是？这可太爽了！"

"嘿——"

"哦，别老是嘿嘿的。"

丽贝卡当真泪如雨下了，泪水一滴一滴地落在灰色的开襟毛衫上，眼睛都红了。

"我得去追她。"杰勒德说着，像演哑剧一样，佯装从地板上捡起一件衣服。

宝宝出生了，是个女孩。黑头发的法国女人搬去与杰勒德的父亲同居了。一个星期天的晚上，丽贝卡说：

"她想要我回去。"

那天，她们一直在看待租的公寓。每当走进一间，无论是谁在带她们参观，丽贝卡的母亲总要说她在剧院工作，将那些男男女女的演员名字一一报来。事后，回到那间卧室兼起居室的屋子，她说在剧院的新生活帮助她振作起来了。她说感觉自己又恢复了活力。她打算接受赡养费。现在她对这东西的看法变了：赡养费是她应得的。

"你也是，亲爱的。"她说。要是有麻烦，法院会把这事摆平的，毫无疑问：要是母亲健康安好，孩子就该跟母亲。

"那你说了什么？"杰勒德问。

"什么也没说。"

"没说你想住在这儿？"

"没有。"

"那你想住在这儿吗，丽贝卡？"

"是的。"

杰勒德沉默了。他看向别处。

"我不能那么说。"丽贝卡说。

"我知道，你说不出口。"

"她是我妈妈。"丽贝卡说。

"是的，我懂。"

一星期前，他们都很生气，因为不幸的遭遇让她母亲变傻了。一星期前，杰勒德说他父亲有点变回过去那个他了，看报纸的时候又开始四仰八叉了。不过又同过去很不一样。他父亲读报纸的那副样子只不过让人联想到了过去。

丽贝卡真的又开始哭了，当抽泣声停止的时候，这间属于他们自己的屋子一片安静。杰勒德想安慰她，就像当初他父亲安慰他母亲那样，说他原谅她，说他们可以重新开始。可是，他们的游戏还没有发展到那一步。

他们坐在光溜溜的地板上，彼此离开一段距离，一束束白色的阳光减弱了，墙壁那褪了的黄色慢慢暗下去直至不见。他们的想法一样，他们知道。这个曾经属于丽贝卡的房子要归杰勒德了，因为已经约定好了。丽贝卡周末会回来，她父亲在这里，可她不再会把母亲那些忧伤的剧院故事带回来，杰勒德也不再会讲述关于他父亲那位新伴侣的新闻了。他们轻而易举地成了伙伴，喝着鸡尾酒，在盛大宏丽旅馆登记签名，可这种伙伴关系只不过是凑巧给了他们，是从别人的生活里丢出来的一件礼物。无助，才是他们自然的状态。

小生意

一个温暖的星期六早晨，城里还不见人影。市郊仍在睡意蒙眬中，街道呈现出一种与这个钟点不甚相符的宁静。商店和咖啡馆竟然都关着门。里头的人要么坐在电视机前，要么在听收音机。

威斯特摩兰大街上两个年轻人行色匆匆，他们的行进看上去很有目的。他们一声不吭，直至走到圣斯蒂芬公园。"不。还在前头，"见同伴停了下来，其中一个说道，"到哈考特大街左拐。"他的同伴没有争辩。

他们自孩提时代起就是朋友；这天，他们目标明确，没什么好争辩的。争辩浪费时间，会分散他们的注意力。发指令的那个，也就是两人中年纪较大、个子较高的那位，名叫曼根。另一个一脸麻子、皮肤灰灰的年轻人，诨名路特·加拉赫，那是对他十来年前身为天主教平信徒的一种嘲讽。曼根的短发上了发胶，发色难以形容，小眼睛微微有些斜视，还有一只扁平的大鼻子。"这儿。"在哈考特大街的尽头他发出指令，两人朝着他所指的方向调了个向。

一只橘子酱色的猫不慌不忙地穿过他俩所在的这条街，四下里没人。"那辆蓝色的福特。"曼根说。眨眼工夫，加拉赫强行打开了驾驶室的门。引擎罩，也同样迅速地被抬了起来。有电线就成；引擎轻而易举地就启动了。

在市郊拉斯加的卡文迪什路上，利文斯顿先生看着红色的直升机降落在凤凰公园神职人员更衣用的帐篷后头。早些时候在机场，教皇的右手举起祈神祝福，放下，接着又一次一次举起，每个动作都伴以仁慈的微笑。凤凰公园里，人们跪拜在围栏里，吟唱着"赞我天父"。摄像机时不时地会拍到穿黑衣的神职人员和僧侣，但人群中大多是那些利文斯顿先生每天在大街上会碰到，或是星期天被瞧见去做弥撒的人。人们井然有序，对这一盛况敬畏有加。黄白两色的教皇旗帜到处飘扬；偶尔，为了尽力获得一个更好的视角，会有些推推搡搡。摄像机已经拍到过几次妇女晕倒的镜头——利文斯顿先生倾向于认为那是出于激动，而非闷热或拥挤。赫利希一家也在凤凰公园里，但到目前为止，利文斯顿先生还没有找到他们。"我会挥手的。"赫利希家的双胞胎保证过，跟平时一样，他们异口同声地说道。利文斯顿先生知道他们忘了；他们沉浸于巨大的兴奋中，何曾知道摄像机扫过他们。惹人注目的倒会是赫利希本人，大块头，红头发，很容易就被认出来。莫尼卡，当然，你可能会找不到。

利文斯顿先生这天穿了身深蓝色的衣服，他六十了，人很瘦，头发刚刚变得有些灰白。他瘦削的五官，年轻时很英俊的，如今爬满了皱纹，他两颊微微有些涨红。他鳏居已经一年了。

在奥菲耶赫红衣主教和赖安大主教的引领下，教皇从讲台下的教皇更衣室里现身。围栏里的人开始欢呼。教皇停下来两次，伸出双臂。接着又是一阵欢呼，这声响利文斯顿先生这辈子还没听到过呢。教皇走向祭台。

曼根和加拉赫手脚麻利，虽然技法还不娴熟。他们拉开抽屉，把里头的东西撒得到处都是。他们在衣服里翻来翻去，猛扳小橱子的锁。首饰来不及细看，因为就算是粗略地估计也难以估出其价值，他们把找到的一切，连同零钱、纸币，一股脑儿装进袋子里。一只无线电被加拉赫偷偷藏进了夹克衫。

"什么也没有，"曼根说，"这家真他妈差劲。"

他们离开了他们闯入的这户人家，从厨房窗户爬了出去。他们踱着步朝那辆停着的蓝色福特走去，曼根摇着头，就好像因法律公事上门，却失望地发现家里没有人一样。加拉赫在这户人家所在的这条马路上慢慢开着，随后加快了车速。"左转弯。"曼根说，路口出现的时候，加拉赫顺从地照做了。车子又停了下来；两个人坐着没动，目光注视着后视镜。"好了。"曼根说。

利文斯顿先生听到一记响声，没在意。虽然他待在赫利希家里，正式地说，是看房子，但他相信，赫利希之所以请他过来，是因为他自己没有电视。这是他们编出来的一个理由；是他们对他总是随叫随到帮忙临时照看孩子的一种感谢——倒也不是报酬不丰厚，莫妮卡管这叫"现行的计时工资"。那天大清早，他起了床，穿戴好，还不曾料到赫利希会这么认真，他说像今天这种日子叫个人上家来倒是很不错，因为警察都到凤凰公园里去了。电视机的声音，赫利希的意思是，就跟看家狗一样管用。

"有一种新的对抗冲突，"教皇说道，"其价值观念与倾向，对于爱尔兰社会而言，至今还是未知和陌生的。"

利文斯顿赞许地点点头。对于罗茜来说，这倒是不错的，他寻思；她就喜欢这些，喜欢王室婚典之类的。妻子活着的时候，和大家一样，利文斯顿租过一台电视机，但后来就不租了，因为他发现自己从来都不看。坐在那里，放着同样的节目，却不再有她评论的声音，这让他倍加思念她。要不他们今天肯定会收看整个盛况，但身为新教徒，他们自然不会亲临现场。

"生命的神圣，"教皇主张，"婚姻的稳定，人类性欲的正确观念，对进步所带来的世俗物质的正确态度。"他提倡圣礼，特别是补赎圣礼。

掌声雷鸣，利文斯顿再一次赞许地点了点头。

加拉赫想住手了，可曼根说再去一家。注意到林荫道尽头那户人家没有养狗，他们就往那里走去。"他们让那玩意儿开着，"听见电视机的声音，曼根在厨房里低声说道，"搜一下，不管怎样，我到楼上去。"

在赫利希家的主卧里，他把抽屉轻轻地拉出来，把一切上了锁的东西都轻而易举地打了开来。他们来对了。这家是最有钱的。

突然，电视机的声音变响了，曼根知道，那是加拉赫推开了放电视的那个房间的门。他瞥了眼窗户，弄不好他得逃掉，但楼下没有传来反抗的声音。他们打算把车开到米尔敦，搭上头班车出城。

再乘坐巴士去布雷。这个旅程一直划得来，因为科恩会出个好价。

"嗨。"加拉赫叫了一声，声音不大，无论如何也谈不上惊慌。当下曼根意识到出了点岔子。他知道，根据电视机的声音判断，加拉赫推开的那扇门再也没有关上。有一次，夜里在一户人家里，一个年轻女孩穿过楼梯过道，除了条月经带，身上一丝不挂。他和加拉赫就躲在暗处，警觉地听着卫生间里的流水声。她没看见他们。

他往口袋里塞了两条领带，将卧室的门从身后关上。下楼的时候，还没看见加拉赫，先听到了他的声音。

"家里有个老头，"加拉赫说，并没有企图把声音压低，"正观看陛下呢。"

加拉赫泰然自若。你不得不对他敬佩有加。曼根同奥西·鲍尔搭档那会儿，曾经紧张得不得了。手抖你就干不了活，动手前他告诉过鲍尔，可这不管用。他当然应该明白。

"他安安静静地待着呢，"加拉赫压低嗓门说，"照我说的，把嘴巴闭得紧紧的。"

门口的这个年轻人穿着皱巴巴的仿麂皮夹克衫和深色的裤子。他的白色T恤衫很脏；他的下巴和两颊还坑坑洼洼地留着粉刺的印迹。很快，利文斯顿先生又看到了一张面孔：两只豆子般的眼睛中间夹着一只扁平的大鼻子。随后，两个闯入者走回到门厅。他们开始嘀嘀咕咕，可利文斯顿先生听不见他们在说什么。屏幕上，教皇仿若一尊活动的雕塑在庞大的人群中慢慢移动。无数只手伸出来想要触碰它。

"看好这位老兄，"一个声音命令道，利文斯顿先生知道这是他刚才看到的那个人的声音，倒不是因为这声音比另一个更粗暴些，"同陛下待着去吧。"

利文斯顿先生并不打算反抗。有什么东西蒙住了他的眼睛，并在他脑后打了个结。料子很粗糙，像是粗花呢。同样的东西还把他的手腕绑在了大腿上。两只脚踝被分别绑在两张他坐着的椅子的腿上。他的钱包，也从夹克衫的内兜里被掏了出来。

他辜负了赫利希一家；尽管是个借口，但他还是答应完成这件微不足道的任务；这一家人回来会很失望的。头一个年轻人一出现，利文斯顿先生一反应过来发生了什么事，就大为光火。他原本想起身，四下里找个什么东西当武器，但很快就意识到那是徒劳。他无助地坐在椅子里，羞愧难当。

电视里，欢呼在继续，那声音在描述着此刻的场景。"一路平安！一路平安！"人们高唱。

"停车，"曼根坐在车里说，"沿着这条路开到底停下。"

路特·加拉赫照做了，将车停在一幢造了一半的建筑的门口。他们开得比原打算的要远，迫不及待地要快点离开他们早上作案的那个街区。离开前曼根威胁利文斯顿先生："要是敢叫，你会为该死的这天后悔的，先生。"他把卧室里拿来的第三条领带绕在老人的脖子上。他把两头绕起来，拉紧了，眼瞅着利文斯顿先生的脸和脖子渐渐涨红。他及时松开了，免得出岔子。

"从来没见过那样的怪老头。"此刻他说道。他扭过头，看了看车子的后窗。两人依然紧张不安。最糟糕的，莫过于被人看见了。

"我们不把这车扔掉吗？"加拉赫说。

"把车开进工地。"

他们把车停在一幢新房子的后墙边，这地方隐蔽，他们清点了搜罗来的钱财。"四十二镑五十四便士。"曼根说。还有各种各样的首饰和那台收音机。"你会因为那个被逮住的。"曼根提醒道，收音机便被丢进了水泥搅拌机里。

"他会描述一番的，"曼根说道，两人离开了车子，"他会把肠子都叫出来的。"

他们俩都清楚。尽管曼根的声音凶神恶煞，尽管老头的脸都紫了，他还是会把这件事的细节回忆出来的。曼根还瞥见他的眼睛里满是怒意，皱着眉头，很是不快。

"我要回去。"曼根说。

"车是偷来的。"

曼根不响了，咬牙切齿不停地咒骂；随后，两人点起烟，感觉平静了些。曼根离开车子走在前头，穿过盖了一半房子的工地，走上一条小道。五分钟后他们走上了大路，最后来到一家酒馆。吧台的墙壁上高高地挂着一台大电视，还在播放教皇亲临爱尔兰。谁也没注意这两个点了史密斯威克啤酒和炸薯片的年轻人。

被盗的人家回来了，清点着教皇亲临赐福的代价。赫利希一家回来后，发现利文斯顿先生被领带五花大绑着，电视机还开着。医生被叫来了，尽管这违背了利文斯顿先生的意愿。后来警察也到了。

那天下午在布雷见到科恩之后，曼根和加拉赫勾搭上两个女孩。"耶稣啊，只要有辆车，我就能干。"路特·加拉赫头天夜里曾说，整个事情就这样发生了，曼根认为有车他也可以。"三十。"那天下午科恩出价，他们讨到三十五。

喝了几杯，他们感觉好多了。这点小事警察不会感兴趣，当人们回到城里，警察准保焦头烂额。"他们何苦去找这么个糟老头？"曼根说，两人依旧感觉不错。

在广场冰激淋店，姑娘们点了蜜桃香草冰激淋和圣代。她们一个叫卡梅尔，另一个叫玛丽。她们自称是护士，实际上在造纸厂工作。

"布雷很安静。"曼根说。

姑娘们表示赞同。她们原本想亲眼去看看教皇的，可是睡过了头。十二点一刻过了，卡梅尔才睁开眼睛，玛丽则更糟。她不会告诉你们的，她说。

"我们在电视上看了，"曼根说，"他兴高采烈的。"

"你们是干什么的？"卡梅尔问。

"流氓。"曼根说，大家哄堂大笑。

加拉赫佩服地晃着他的脑袋。只要有姑娘问起，曼根总是这么回答。你也许以为他今天会收敛一下，但这就是不折不扣的曼根。加拉赫点了一支烟，寻思着在他有机会转过身之前，应该先揍一家伙那个老头才是。他应该冲进屋,操起手边的什么东西,对着他的后脑勺来一下子,见他的鬼去吧。

"流氓? 什么意思呢?"玛丽问道,她还在咯咯傻笑,瞥了一眼卡梅尔,笑得更厉害了。

"银行,"曼根说,"我们做银行的生意。"

姑娘们想起了电影《虎豹小霸王》还有《雌雄大盗》里的惊险场面,又大笑起来。她们明白,这样追问下去没什么好处。她们知道,她们的提问和曼根嘲讽的应答是一种调情。曼根嘴贫。俩姑娘都被他吸引住了。

"冰激淋对小姐们的胃口吗?"他这一问,又引起一阵咯咯的笑声。

加拉赫要了一份奶油香蕉冰激淋。许多年以前他曾想过,就算有一屋子奶油香蕉冰激淋,他也能把它们吃个精光。后来他又要了五份。他也曾这么想过水果蛋糕。

"今天有电影吗?"曼根问,姑娘们回答说考虑到教皇来了,可能没有电影放。大概就跟圣诞节那天一样,她们不清楚。

"布雷这些天放的电影我们都看过了,"玛丽说,"不管怎样。"

"回头咱们去跳舞。"曼根提议。他冲加拉赫眨眨眼睛,加拉赫心想,要是这天他们杀了人,你连他的影子也不会看到。邮轮啊,西班牙啊,管你叫"大先生"的装腔作势的靓妞啦。再也无需动一根手指头了。

"到海滨玩玩怎样?"曼根提议,姑娘们又大笑起来。她们说不介意。两个人都想成为曼根的伴儿。他看出来了,于是一手挽住一个，走在海滨大道上。加拉赫走在边上，挽着卡梅尔。

"空气有点清新。"曼根说。他把前臂压在玛丽的胸上。就是她了，他心想。

"你喜欢护理工作吗？"加拉赫问，卡梅尔说还行。海上猛地刮起一阵狂风，冲他们扑面而来，吹乱了姑娘们的头发。加拉赫仿佛看见自己舒展着四肢躺在一个蓝色的游泳池边，抽着烟，喝着饮料。饮料里有一颗樱桃，还有一根小棍，一头插着把小伞。一个比基尼也没穿好的姑娘还跟他分享那杯饮料呢。

"布雷真是个好地方。"曼根说。

"糟透了。"卡梅尔纠正道。

胳膊里挽着个妞，你永远都有话好说。这个胖点的妞一股粗鲁劲，还没他像个护士呢。加拉赫寻思着她们有没有公寓，要是来事了，他们有没有地方可去。

"我们可以到这家旅馆的酒吧里去。"另一个说道，姑娘们企图索要报酬的时候就会这么说。

"这是什么旅馆？"他问。

"国际旅馆。"

"哦，听阔小姐的！"

他们转过身，沿着海滨大道往回走，姑娘们带路，往刚才说的那个酒吧走去。女孩要了金酒加奎宁水。加拉赫和曼根要了史密斯威克啤酒。

"回头咱们可以进城去，"卡梅尔漫不经心地提议，"会有庆祝活动的。"

"这主意可以考虑。"曼根说。

把那条领带再拉紧些，曼根暗自想，又有谁会知道？你到了那把年纪，不管怎样，已经活够了。既然如此，被那样绑着，那老怪物没准自己就一命呜呼了。说不定人都已经变硬了。

"布雷有迪斯科舞厅吗？"他出了个点子，"先好好吃上一顿，再跳舞怎样？"

姑娘们又被他这副腔调逗乐了。听见曼根主张他们应该留在此地，加拉赫很高兴。要是进城，他们的如意算盘就要落空。要是不在车子边上把这事给了了，你就得回到原点。

"你会被布雷的节奏拖死的。"玛丽说，曼根只想着再喝几杯金酒，就着烤肉和薯片，再来点浓啤酒。他把膝盖紧贴着玛丽。她也不回避。

"你们是住公寓，租房子，还是别的什么？"加拉赫问，姑娘们说她们没有这些。她们住在家里，她们说。要是有间自己的房子，她们愿意付出一切。

过了一会儿，两个年轻人在洗手间的小便池边碰头，讨论着话里的那些暗示。一听到那些话，曼根立即站了起来，趁姑娘们不注意，他猛地扭了一下头。

"根本没地儿去。"加拉赫说。

"那胖妞很乐意。"

"那去哪儿呢，伙计？"

曼根提醒他的同伙有几回是怎么干的，在车子里，在废弃的建筑里，还有那次靠在阿德尔菲电影院紧急出口的栅栏上，之后又走回去，还有一次是在德拉姆康德拉的花园棚子里。

这么一回想，加拉赫大笑起来，感觉乐观多了。他眨巴眨巴眼睛，当他感觉有了醉意他就会这么做。他冲着小便池啐了一口，这又是这一特别时刻的习惯动作。可以在海滩上；他把海滩给忘了。

"关键球。"曼根说。

已过去的这一天的记忆此刻呈现出玫瑰般的颜色——他们匆匆穿过空荡荡的街道，他们作案的安静的房子，老头脸上和脖子上的红斑，电视屏幕里的队列。再给她们灌点金酒。曼根又起了这念头，再来点烈性啤酒。将那个胖妞摁倒在该死的松软的沙子上。

"哦，真痛快。"又被灌下几杯，胖妞说道。

加拉赫想象着一个商人的妻子在打电话恳求，说再不送钱来，抓她的人就要把她的手指尖削下来。钱装在一个包裹里，藏在电话间的座位底下。西班牙的画面又出现了。

"嗨。"卡梅尔说。

她已经抹上了唇膏，可看上去并没有什么不同。

"你们究竟是干什么的？"她在海滨大道上问。

"无业。"

"无业还这么有钱。"她的语气充满了怀疑。他看着她，试图盯着她的眼睛。他隐约想知道她是不是喜欢他。

"男人的车需要检修。"他说。

在他们前头，曼根和玛丽在大笑，笑声盖过海水的哗哗声轻轻地向后飘来。

"他是个花花公子，对不对？"卡梅尔说。

"哦，没错。"

在走下台阶下到海滩之前，曼根转过身来。加拉赫想象着他的那些花言巧语，还有胖妞听到那些话后发出的咯咯笑声。他真想自己也能那样巧舌如簧。

"我们不是计划好进城的吗，"卡梅尔说，"今晚城里一定很热闹。"

才开始走上海滩，她就抱怨沙子硌着她的脚了，于是加拉赫带着她走回海滨大道的水泥墙那儿，两个人背靠着墙坐了下来。天还没完全黑。香烟壳和巧克力包装纸散落在沙子和鹅卵石上。加拉赫的胳膊搂着卡梅尔的肩膀。她由着他吻她。她也不介意他把她扭到一边，这样她就再也不用靠着墙了。她觉得自己在他怀里绵软无力，有那么一会儿，加拉赫还以为她昏过去了，可后来她又回吻他。她咕哝着什么，胳膊把他往下拉，让他俯在她上面。他意识到原来甜言蜜语也不那么要紧。

"那什么时候呢？"玛丽呢喃着，把衣服拉下来。五分钟前，曼根发誓他们会再相见的；他发誓说自己别无他求；越快越好，他说。

"星期一晚上，"此刻他补充道，"火车站外头。六点。"那正是他们勾搭上这两个姑娘的地方。曼根也想不出别的地儿，这又有什么关系，反正星期一晚上他也不打算上布雷附近来。

"天哪，你太棒了。"玛丽说。

在开往都柏林的巴士上，他们没怎么说话。卡梅尔先前吐了一堆意味深长的话语，加拉赫鼻孔里那股酸溜溜的气息还残留不去。玛丽末了变成了一个怨妇，不停念叨着星期一，确保曼根不会忘记。他们两人想的是科恩，跟平常一样，从他们这个营生中拿到最大好处的总是他。

接着，利文斯顿先生那副精瘦的模样浮现在曼根脑海里，那双愤怒的眼睛，还有皱着的眉头。他们叫他发现了，把事情搞得一团糟，他们咒骂着这一切。站在门口的那一刻，当老头的目光轻轻扫过他的脸，他差点大便失禁。"我要回去。"过了一会儿，又回荡起他自己的声音，可他明白，其实他说这话的时候就明白，就算回去，也不见得能比他刚才的表现好多少。

他边上，里头那个座位，加拉赫也在回味着相似的画面。他呆呆地望着夏日的夜晚，想着先前要是自己冲那老头的后脑勺来一下，肯定已经结果他了。刚才同姑娘们在一起的时候，这念头还让他美滋滋的。但此刻，想到这个，他哆嗦起来。

"上帝啊，她真带劲。"曼根说着，拖长了声音发出一记傻笑。

他的虚张声势掩盖着泡妞的渴望，在酒吧里为她们点金酒，说甜言蜜语。要是能在海边再舔舔她的唇膏，或是再听听她的喘息声，就像他第一次触摸她那样，他愿意把口袋掏个精光。

加拉赫还想着做大先生的美梦，却怎么也梦不起来了。"是啊。"他说，回应着同伴的评论。

这一天结束了；再也没有地方可逃避那已经犯下的错误。作案的时候，他们注意到了那个老头的羞愧以及对他自尊的伤害，就如同动物感觉到了恐惧或者说决心。两人都在暗自算计，还要过多久，他们留在那户人家的危险之火会烧到他们身上。

他们在码头下了车。在他们离开的那会儿工夫，城里庆祝的人群已经变得稀稀拉拉，但大街上的人依旧在兴奋地说着教皇亲临爱尔兰，以及他们白天所亲历的大弥撒。两个年轻人循着早上来的路线走，两人都在琢磨，那种杀人的胆魄，自己是否具备。

雨　后

　　在切萨里纳膳宿公寓的餐厅里，单独的就餐者被安排围墙而坐，靠墙那儿的空间小得摆不下一张双人桌。这些仅供一人坐的桌子占据了屋里四个角落的三个，餐具室里放着些罐子，里面凉着水，这些桌子就放在餐具室门边，夹在两张家庭餐桌之间、那几扇一开一关就会格格作响的高窗两边。餐厅很大，天花板很高，朴素的米色墙壁上没有任何装饰。膳宿公寓的客人一到，这里就嘈杂起来，占据了屋中央所有空间的双人桌挤挤挨挨地放着，一张连一张。虽说人多，但留给女招待通行的过道却将一个个就餐者分隔开来，他们可以将餐厅里的动静和将要端给他们的食物一览无余——看看今晚是肉汤还是意面，是牛肉还是鸡肉，甜点又会是什么。

　　"十号①。"哈丽特报上自己的房间号。她已经连续占据十一个晚上的那张桌子跟一张挤了五个人的桌子拼在一起：她不知道该去哪里。她在门边站了一会儿，上菜的人不停地从她身边走过，一会

---

①　原文为意大利文。此篇小说故事背景在意大利，故人物对话原文常用意大利语，以下不再一一注明。

是那个红褐色头发的女招待，一会儿又是那个长相粗野的，要么就是那个丰满而漂亮的女招待，将大理石台面的餐具柜上的酒瓶一只只拿走。最后，是那个红褐色头发的女招待将哈丽特带到餐具室门口的一张桌子上，餐具室里头凉着一罐罐的水。"要酒吗？"她问道，刚才独自站在门边，虽然并没有人朝她这儿看，哈丽特还是觉得有些害羞，她点了头几个晚上她一直点的那种酒，圣克里斯蒂娜干红。

她的这一身蓝色套装没有任何装饰，除了腰带上那个亮闪闪的蓝色搭扣，耳环几乎没有露出来，她还戴着一串暗白色珠子的项链，那也不值钱。她骨瘦如柴，身形单薄，一头黑发剪得短短的，她的长脸像极了莫迪里阿尼笔下那些轮廓清晰的面孔，一个月前，她刚迈入三十岁。因为一场恋爱的告终，她独自住在切萨里纳膳宿公寓里。

取消了假期，有两周的时间无事可干，她想去个什么地方，眼下这段时间她不想待在英国。"我一个人。"她在电话里说，希望自己把这句话说对了，选择切萨里纳膳宿公寓是因为她从小就知道这个地方，因为她料想着住在熟悉的环境里有助于排遣寂寞。

"都好吗？"红褐色头发的女招待递上圣克里斯蒂娜干红问道。

"是的，是的。"

餐厅里坐着的一对对多是德国人，他们话语中的那种喉音从紧挨着她的几张桌子那儿传来。步入中年的妇女穿得要比男士们漂亮，她们既享受着八月的酷暑，也享受着淡季的低价：十一万里拉的半价膳宿费。炎热对于一些人来说也许不是什么好事，尽管晚餐时间已凉快了些，餐厅里的窗户都敞开着，切萨里纳地处山区，无论如何也是比较凉快的。"要是来一阵风，"哈丽特的母亲过去说过，"准会吹进切萨里纳。"

二十年前，哈丽特跟着父母第一次来到这里，当年她十岁，她哥哥十二岁，这以前，她就听说过这家膳宿公寓，听说过每天早晨客人起床前，那里的赤褐色地板都是怎么上油的，那清新的油味又是如何绵延一整天，早餐摆在露台上，一两个面包卷，还有茶或者咖啡，到了夜里，山里的一个农场有时候会传来狗叫声。照片上印着荒枯的花园，宏伟的、刷成赭色的外墙，还有膳宿公寓的葡萄园，通向两口大井的陡坡。这以后一个又一个的夏天，她便趁着淡季亲临那里：大厅一段石头台阶底下那个巨大的餐厅，三个会客厅，那里餐后有柠檬力葵酒或是格拉巴酒，还有一小杯一小杯苦涩的黑咖啡供应。放着书架的那个厅里，讲桌上有不少乔托①雕刻作品的复制品，架子上在乔治·古德柴尔德的侦探小说中，还插着《我的兄弟乔纳森》和《蝴蝶梦》。哈丽特早年来到这里时，客人们低声嘀咕的多是英语，因为那时去的多是英国人。到了今天，切萨里纳膳宿公寓不再接受信用卡，宁可收欧洲货币支票而不是担保金。

"来啦，夫人。"一个戴着眼镜、先前哈丽特只见过一两次的女招待将一盘干面条放在她面前。

---

① 意大利文艺复兴初期画家、雕塑家。

"谢谢。"

"不客气，夫人。祝您好胃口。"

要是这段恋情没有结束——哈丽特一直相信爱情是天长地久的——她此刻应该是在斯基罗斯岛①上。要是这段恋情没有结束，或许有一天，她会像她父母当年一样，在孩子出生前来到切萨里纳，再往后，就会在餐厅里占据一张家庭餐桌。除了德国人，今晚这里还有一家美国人、一家意大利人，另外还有几对夫妇。刚到的这一对，听口音像楼上的荷兰人。另一对她知道是瑞士人，还有一对她猜也是荷兰人。一对神经兮兮的英国人因为离得太远，她偷听不到。

"都好吗?"赤褐色头发的女招待又问道，一边将她的空盘子收走。

"非常好。谢谢。"

就餐者中有一个灰发的矮胖女人，在楼上跟哈丽特说过几次话的，是个美国人。有个男的每天晚上总是很惹眼，因为他总是穿着花哨的衬衫，还有个男的一直在抽搐着、神经质地看着四下里，还有个女的——一身黑，很时髦——想必是法国人。那个左右环顾的男人——个子矮小，五官精致——经常朝那个女人瞥一眼，有时也会看看哈丽特。一个上了岁数的老人，穿着中规中矩颇显旧时风范的亚麻套装，每天吃饭时总是系一条不重样的丝质领带。

---

① 希腊岛名，在爱琴海西部。

在这里的头一晚，哈丽特在手提包里放了本《阿灵顿小屋》①打算吃晚饭的时候立在自己面前，但是，当这一刻到来的时候，一切似乎都错了。继而，她已经开始后悔一时冲动只身来到这里，想知道自己为什么要这么做。一路上，她的伤痛非但没有缓解，反而加剧了，因为那天的旅行不应该是这样的，不应该是独自旅行的：她忘记了这是不可避免的。

她点的鸡块端上来了，桌上便有了烤土豆、番茄、西葫芦，还有色拉。接着，哈丽特又选了奶酪：佩科里诺干酪，一小块戈尔根朱勒干酪。半瓶圣克里斯蒂娜干红留给明天，她的房间号抄在标签上了。餐巾封套上用更为优雅的斜体字印着：十号房间。她把餐巾叠好，塞了进去。在她做这些动作的时候，有那么一会儿，那个她为了忘却而来到这里的男人好像从另一个拥挤的房间里跻身而出，像波兰国王一样朝她走来，嘴里叫着她的名字。"我爱你，哈丽特。"在周围的嘈杂声中，他低声说道。他们爱抚着，她闭上了眼睛。"我亲爱的哈丽特。"他说。

在楼上放着书架的那个屋里，哈丽特疑惑她这辈子会不会一直这样孤独下去。她回到童年时代的这个地方，是为了寻求美好的往昔所能带来的什么慰藉吗？这个原因难道比她当时告诉自己的来得更加真实吗？每当一场恋爱告终，她的脑子总是乱糟糟的，真相是那样的模糊；经常是真相似乎根本就不存在。当又一场恋爱破灭的

---

① 英国作家安东尼·特罗洛普(1815—1882)的系列小说《巴塞特郡见闻录》之一。

时候，她感觉感情辜负了她；爱情就是有那样的本事。既然疑惑是孤身的伴侣，她想知道为什么非得这样。假期取消还是第一次，她独自出走也是头一遭。

"对不起。"一个穿着白色夹克的男孩道歉着，因为溅了点汁水在一个德国女人的胳膊上。女人笑了，用英语说没关系。"不要紧。"见男孩一副茫然的样子，她丈夫加了一句，那德国女人又笑了起来。

"不要玉米，我是学法律的，"一个长腿的姑娘在说话，"埃勒维兹是设计师。"

这两个女孩是比利时人；提问的是两个英国人。两个英国人很年轻，都是大块头，打扮随意，其中一个还蓄着八字须。

"说设计师对吗？你们是那么说的吗？"

"哦，是的。"两个年轻人都点了点头。有人提议到露台上喝一杯，埃勒维兹和她朋友便要了樱桃白兰地。穿白色茄克的男孩跑到大厅一个小柜子那里倒了点，咖啡机也在那里。

"你们呢？"埃勒维兹问道，四个人穿过屋子，穿过落地门来到露台。

"内夫是做生意的。出事后我离开了学校。"传过来的声音口音很重，随意而又自信。英国人或者德国人或者荷兰人，这些让切萨里纳膳宿公寓一天天经营下去的人，已不是哈丽特童年时代遇到的那些人。

一个胡子拉碴的男人正偷偷给坐在沙发上的一对夫妇画素描。夫妇俩正在看书，浑然不觉。大厅里有一家子美国人很是惹眼，怀里抱着婴儿的母亲走来走去，父亲在让一男一女两个孩子安静下来。

"晚上好。"有人打断了哈丽特的观察，那个穿着亚麻套装的男子问她边上的位子是不是有人。今晚，他的领带是棕绿相间的，哈丽特注意到他满是皱纹的脸上布满了老人斑，他头发稀疏，几乎看不出是灰的还是白的。那对淡蓝色的眼睛在脸上显得很有神。

"你也是独自旅行。"在哈丽特表示她边上那个位子没有人之后，那人说，公然套起了近乎。

"是的，我一个人。"

"我总是能认出英国人。"

他的道理是，这兴许同旅行者的年龄，还有多次旅行的经验有关。"你大概能明白。"他补充道。

给沙发上那对夫妻画素描的胡子男人的同伴斜过身子，冲着她看见的东西微笑。大厅里，那个美国父亲已经劝说他的两个大孩子上床睡觉去了。母亲还在走来走去哄她的宝宝。那个极度不安地扫视着餐厅的小个子男人快速穿过大厅，手里端着两杯咖啡。

"他们肯定让你吃饱了吧，"哈丽特的同伴说道，"这些天在切萨里纳。"

"是的。"

"当年，这儿吃的东西可少了。"

"对，我还记得。"

"我的意思是，挺长时间以前。"

"那年夏天第一次到这儿来的时候，我十岁。"

他瞥了下她的脸，估摸着她的年纪算了起来。那应该比他来得早，他说，他第一次来是一九八一年春。自那以后他就一直来，他说，问她是不是也如此。

"我父母离异了。"

"我很抱歉。"

"他们婚后一直来这里。他们喜欢这地方。"

"有些人迷恋这里。有些人则一点儿也不。"

"我哥哥就觉得这里很无聊。"

"小孩子很容易这么想。"

"我从来没这么觉得过。"

"有意思，那两个小伙子在勾搭姑娘。我真想知道他们会不会吃得消在切萨里纳乘马车观光。"

他说着。哈丽特不在听。像过去几场恋爱一样，这段恋情也曾感觉如同失望的魔咒，在她父母分手的时光里，这种魔咒那样无趣地影响着她的生活。她父母离异的时候没有争吵，没有痛苦，也不戏剧性。他们温和地告诉自己的孩子，也没有互相谴责。两人显然为时已久都有了外遇。两人都说，念及这个家，较之待在一起，分手是更为幸福的结局。他们用的这些字眼，哈丽特从来没有忘记。她哥哥面对失望满不在乎，而哈丽特则无法释然，直到第一次恋爱开始。而且每当一段恋情告终，就不再有这样的魔咒了。

"明天我就走了。"老人说。

她点了点头。大厅里，美国母亲怀里的宝宝终于睡着了。母亲冲着某个哈丽特看不到的人笑笑，接着朝宽大的石头台阶走去。沙发上那对夫妇依然不知道自己被人画了素描，起身离开了。神经质的小个子男人又急匆匆地穿过大厅。

"走了真可惜。"哈丽特的同伴结束了他刚才的什么话。接着又跟她聊起他的旅行：坐火车来的，因为他不喜欢乘飞机。午餐在米兰，在苏黎世用的晚餐，两次都没有离开火车站。十一点整从苏黎世驶来的卧铺车。

"过去同我父母一起来的时候，我们都是开车出去。"

"我从来没有那样。当然了，往后也不可能了。"

"我喜欢那样。"

一时间，那情形似乎并非是幻想或是虚假的。他们的笑脸不是假的，他们在那些只有食物还称得上可口的法国小旅馆里寻欢作乐不是假的，他们在汽车前面聊天不是假的，他们的取笑、拌嘴也都不是假的。然而，想起来的总是那无处不在的现实；现实就是与另外两个人共进秘密午餐，还有午后的房间，还有诡计；现实就是谎言织成的一张网，直到其中一个发现，这也没什么大不了的；现实就是得寻求家庭所无法带来的某种美好。

"那么这回你是一个人过来的？"

这话他好像说过两次了，她吃不准。他的表情说明的确如此。

"是的。"

他又说起了孤独。孤独带来的是一种难以定义的品质；远非实现自我了解这种陈词滥调。他自己独身已经很多年了，已经在那种非常的环境里找到了慰藉，这是一种讽刺，他猜想。

"我本来是打算去另一个地方的。"她不知道自己为何这样坦率。出于礼貌，兴许吧。前几个晚上，饭后，她看见过这个人选好座位同坐在他边上的任何一个人聊天。他很有礼貌。看上去他更像是感兴趣而不是好打听。

"你改主意了？"

"跟朋友分手了。"

"啊。"

"我本来应该在一个小岛上晒太阳。"

"那是哪里呢，我可以问问吗？"

"叫斯基罗斯岛。以理疗闻名。"

"理疗？"

"是一种时尚。"

"是治病吗？请允许我这么说，你看上去不像生病的样子。"

"不，我没有病。"无法与心爱的人厮守。这当然不是病。

"事实上，你看上去健康极了。"他笑了。他的一口牙齿还是自己的。"请允许我这么说。"

"我吃不准自己是不是喜欢那些阳光下的岛屿。但即便如此，我还是想去。"

"为了那些理疗？"

"不，我不会去做那些。沙疗，水疗，性疗，意象疗，全面的检查。这些我会避之不及的，我想。"

"当然了，应该自我治疗。不过聊聊天是很好的。"

她没有在听；他继续说着。斯基罗斯岛上，游人们对着落日敲着鼓，唱着歌迎接黄昏的到来。要么他们就是游泳、嬉戏，或者发现不曾发现的自我。切萨里纳膳宿公寓——甚或说这个被德国人和荷兰人改变了的膳宿公寓——是不具备这些的。它也不会再给她父母带来什么了。如今，她离异的父母做的是奢华的旅行。

"我看到《西班牙农场》还放在书架上，"老人站了起来，犹豫了会儿，"我都怀疑一九八七年我读过之后会有人读过这本书。"

"嗯，可能没有。"

他道了晚安，又改口说再见，因为他明天一早就得动身。一时间，在哈丽特看来，他好像在踌躇，那姿态像是在暗示他愿意留下来，愿意有人请他喝杯咖啡或是酒。接着他便走了，什么也没说。老年的孤独，她突然意识到，想着刚才他说话的时候自己怎么没有注意。孤独就是孤独，不管他给独居下什么定义。

"再见。"她在身后说，可是他没听见。要不是分手，这个夏天他们原本也打算重返此地；后来，这也取消了，留下这没着落的两星期。

"晚安。"她穿过大厅，穿着白夹克的男孩站在小柜子边上怯生生地冲她微笑。他是今晚新来的；过去是另一个男孩。这个她也没意识到。

她冒着上午的酷热走在通往镇上的狭窄的马路上，走过墓地和废弃的加油站。有几辆车从她身边驶过，是从膳宿公寓开出来的，因为这路几乎不通向任何地方，到头就断了。斯基罗斯应该还要热。

走着走着，云团开始在她身后的某处天空聚集起来。阴云兴许能让天凉快些，她告诉自己，可直到现在，它们还没有靠近太阳。路渐渐地宽了，快到镇上了，坡路慢慢地也不那么陡了。出现了一座有水泥椅子的公园，还看见了一座教堂，那是镇上的圣阿格尼斯教堂。

公园里空无一人，哈丽特进去坐在角落里的一棵栗树下。远远地在她底下，也就是镇子渐渐消失的地方，一条大路在一丛丛针松和伞松间蜿蜒，与远得看不见的一条高速公路连在了一起。"难道我们不幸福吗？"她听见自己喊出声来，声音有些尖厉，那是她情不自禁了。是的，他们是幸福的，他马上同意道，急切地表白。他的意思是还不够幸福，你听得出来；有什么不太对劲。她问他，他说他不知道，那困惑不是伪装的。

走着走着，感觉有些凉快了，她沿着阴凉、狭窄的街道往镇子的中心广场走去，到了那里又歇了会儿，在露天的咖啡座上喝了杯卡布奇诺。

意大利人和游客在地面高低不平的广场上慢吞吞地走着，女人们提着购物袋，牵着狗，男人们从理发店里出来，游人穿着夏天的衣服。圣法比奥拉教堂耸立在广场上，正前是灰色的台阶，砖石砌成的外墙。这儿还有一家咖啡馆，就在哈丽特选的这家的对面，边上是一溜子街市货摊。镇子的银行设在广场上，但并不在那些商铺里。这里还有一家小饭馆和一家冰激凌店，装潢相近，且紧挨在一起。"没错，它们就是一家。"父亲说过。

在这个广场上，父亲曾把她高高举过头顶，她低下头，看见父亲扬着脸大笑，她也大笑，因为他是这样可笑。在他们一路上住过的小旅馆里，她母亲结结巴巴地说着她女学生式的法语，但没人听得懂，不禁羞红了脸。"多开心啊！"母亲喃喃道，坐的地方就跟哈丽特现在的位子隔了张桌子。

一位神父从教堂台阶上走下来，四下里看看，没有看见他想找的人。一条瘦骨嶙峋的狗一瘸一拐地走过去。圣法比奥拉教堂的钟敲了十二下，钟声停止时，远远地另一只钟开始敲响。浓云蔽日，可空气依旧热乎乎的。还是没有风。

他说他觉得他们之间的爱情已不再有奔头的时候是在伦勃朗电影院的门厅里。也就是那时她喊道："难道我们不幸福吗？"他们没有争吵。甚至过后，当她问起他为什么要在电影院的门厅里对她说这些，他们也没有吵。他不知道，他说；似乎在那一刻说出来是对的，两人的情绪都有些破碎。要不是他们的假期就在眼前，两人的关系或许还能拖上一阵。不那样会更好，他说。

"伦敦的二月十四日同阿灵顿一样黑暗、寒冷、天寒地冻，或许，它的冷更为忧郁。"过去读到这个句子时，她无法平静，现在也一样。她摘下墨镜：云团也不如她刚才见到的那般好看了，就像被拉斐尔和佩鲁吉诺①装饰成了棉絮。快速上升的云团像铅块一般，如同一件灰暗的盔甲被摊开，钉在了几乎看不见蓝色的天幕上。最初几滴雨下来的时候，哈丽特正试图推开圣法比奥拉教堂的大门，却发现门锁着。一张告示简单地写着，两点半开门。

---

① 意大利文艺复兴时期画家。

"最后终于安排好，婚礼应该在伦敦举行。"她坐在小餐馆里看书。"自然有许多原因会让库西·卡斯尔家的这门婚事来得更方便。德库西一家全住在他们乡下的房子里，这样一来，参加婚礼就可省去花费和麻烦。"她不饿；她点了意大利调味饭，希望饭的量不是太大，还点了不加汽的矿泉水。

　　"这道菜里放面粉吗？我不能吃面粉。"一个女人在说，瘦脸的侍者仔细听着，一开始没听懂，后来兴奋地点起头来。"没有面粉。"他指着菜单上的菜名答道。这女人是膳宿公寓的客人。她的同伴是一个长得精瘦、像是她儿子的年轻人，哈丽特听不出他们之间讲的是什么话。

　　"味道好吗？"又是这个侍者，经过哈丽特时见她开始吃饭便问道。她点点头，笑了笑，又看起书来。此时，屋外的雨很大。

　　圣法比奥拉教堂里的天使传报图出于一个不知名的画家之手，像是菲利波·利比画派的，具体是哪一位则无法确定。天使跪在那里，伸着灰色的翅膀，手中的百合被一根柱子挡去了一半。大理石地面，白、绿、赭色相间。马利亚看上去很吃惊，右手挡住来访者的去路。远处——这两人的背景——是优雅的拱顶、栏杆，再后头就是天空和山峦。画面有一种寂静，神秘的寂静：两人在这个迷人的时刻默默无语，彼此要说的似乎已心照不宣。

　　哈丽特注视着那些细节：天使衣服上那绿色的褶子，底下露出的红色，天空中那个斑点是只鸽子，马利亚的书，宏伟的柱子，空空的花瓶，马利亚的鞋，天使的赤足。远处的景色恬淡温和，仿佛不曾用过浓烈的色彩。马利亚的眼神并非惊恐，而是惊讶。再接下去便会是安详了。几名游客轻手轻脚地在教堂里走着，不时低语几句。一名身穿黑色工作服的男子正在拖拭中央通道的地板，通道两头已经被绳子拦了起来。一位上了年纪的妇人在马利亚像前祈祷，数着手中的念珠，口中念念有词。空气里弥漫着的香气浓得叫人难受。

哈丽特慢慢地走过火光摇曳的蜡烛、当地一个家族的坟冢，经过圣坛上摆的圣物，又在小礼堂里看了雕刻的圣法比奥拉的故事。过去她不曾来过这个教堂，这些天没有，先前也没有来过。她父母对教堂不怎么感兴趣；昨天，或者前些天她只身来过镇上，但也没想着进来。她父母喜欢膳宿公寓花园里的阳光，喜欢溜达到咖啡馆，喜欢开车到山里或是别的什么小镇，去尼科洛桥的游泳池。

那个一直在祈祷的妇人脚步蹒跚地去点另一支蜡烛，接着再祈祷，又摇摇晃晃地走过去。哈丽特回到天使传报图那儿，在最近的一张长椅上坐了下来。天使的翅膀除了灰色还有点蓝色，猛一看，你是不会注意到那些蓝色小斑点的。马利亚的鞋子带点棕色，那个空花瓶瓶身是球形的，瓶颈很细，马利亚的书上有斑驳的金边。

哈丽特离开教堂的时候，雨停了，空气清新了许多。用恋爱去修复自己对爱情的信念，过于肤浅和随意了：这种念头真是难以理解。她在恋爱中欺骗：这念头也不知从哪儿来的。

哈丽特独自伫立在教堂的台阶上，又站了一会儿，迷迷瞪瞪地自我揭示着，下意识地明白了事情的真相。广场人行道上的灰尘已被冲进了石头缝隙里。刚才她喝卡布奇诺的咖啡馆里，侍者正在把塑料椅子抹干。

湿漉漉的空中依旧勉勉强强地有些太阳。哈丽特一路走回切萨里纳膳宿公寓，从令人窒息的酷暑中稍微缓过劲来，对她来说，仿佛一种别样的生活从枝叶间、从石头间悄悄蔓生出来。她脚下的路透出丝丝凉意。野天竺葵丛中，只闻鸟鸣，却不见鸟影。

到了明天，当一年中最毒的日头再次逞威时，正午时分只需片刻工夫，就能把这份令人留恋的温和一扫而净。新的灰尘又落下来，大理石摸上去又会变得热乎乎的。可能要再过几个星期，兴许还要过上几个月，雨水方能再度诱出这些温柔的芬芳。

太阳重又出现的时候，总是愈发地火热无情、刺目耀眼。在切萨里纳膳宿公寓焦干的花园里，他们让她戴上一顶她不喜欢的帽子，而他们自己已做好了防晒的准备，全都躲藏在墨镜和防晒指数很高的乳液里。斯基罗斯岛的阳光是它的迷人之处。"我需要的是阳光。"他说，哈丽特不知道他到底是去了没有，今天是不是在那里，而没有被她甩在伦敦，不知道他有没有找到什么伴儿同去。她想象着他在斯基罗斯岛，在阿特西萨湾冲浪，他说过他要冲浪的。她想象着他和一个伴儿在斯基罗斯岛，那个伴儿很单纯，很快乐，试着想做一次理疗，就是为了看看到底是怎么回事。

切萨里纳膳宿公寓的帆布躺椅全都湿漉漉的，玫瑰花瓣晶莹欲滴。留在露台餐桌上的一只玻璃杯已接了一英寸高的水。外头门厅里的伞都被人取走了。窗子，刚关了会儿，这会儿开了；葡萄园的斜坡上，喷水器又打开了。

哈丽特不想进去，便在花园里、藤蔓下溜达，鞋湿了。从镇上传来钟鸣声：圣法比奥拉教堂钟敲六点，一分钟后，别处的钟也敲响了。这会儿，她独自立在垂荡下来的藤蔓中，一时恍惚起来。她脑里一片空白，又好像乱成一团麻，后来她明白过来：天使传报图是雨后绘就的。那遥邈的景色，隐约的拱顶，那一刻的景象此刻仿佛历历在目。天使是雨后过来的：最初那些从容、冷寂的时刻是上帝的选择。

餐厅里，穿着艳丽衬衫的那名男子所坐的桌子，已经与一张家庭餐桌并了起来，因为那一桌有七个人。那个漂亮的法国女人的位子上坐了另外一个女人，没有人与那个老头同桌。在小餐馆里声言自己不能吃含面粉食物的那个妇人，用清炖肉汤代替了意大利饺子。四下里闪动着一张张新面孔。

"晚上好。"赭色头发的女招待跟哈丽特打招呼，戴眼镜的女招待给她端来色拉。

"谢谢。"哈丽特低声说道。

"不客气，夫人。"

她给自己倒上酒，又掰下一片面包。此刻，餐堂里一片喧闹，盘碟哐当，人声嘈杂。感觉就像伦勃朗电影院的门厅里，他告诉她那些话的时候那般吵闹：如同五雷轰顶，尽管当时实际上是非常安静的。明亮、耀眼的色彩闪过她的意识，就像一股鲜血在万花筒般的痛苦中迸涌开来。那一刻，她在电影院门厅里闭上眼睛，就像当时他们告诉她，他们不再是一家人了的时候一样。

104

她本打算给他们寄明信片来着，可是她没有寄。她本想告诉他们，德国人、荷兰人、瑞士人来了以后，膳宿公寓的早餐就不止咖啡和面包卷了：还有奶酪、冷肉、水果、谷物麦片、新鲜的海绵蛋糕，摆在露台上自行取用。每天早晨，她便坐在那里读《阿灵顿的小屋》，想着他们愿不愿意知道这早餐时分的改进。今天她琢磨着他们想不想知道那些个废弃的加油站还在通往镇子的公路上，或者她还在那个荒芜的公园里的栗树下坐了会儿。她也寻思过给他寄张明信片，但末了还是没有。早于他的前一个恋人极力劝她度假的时候带上几本长篇小说，《女房客》啦，《弗洛斯河上的磨房》啦。

今晚是牛肉配菠菜。餐后哈丽特又要了甜点，这种黏糊糊的黄色葡萄干蛋糕叫她想起了过去。可她再也不想尝这味道了；这就同她无意间在恋爱时欺骗了一样难以理解，她知道自己不会再回来了，无论是独自一人，还是结伴。已经回来过了，一次机缘促成的独自旅行。明天她就会离开。

在那间放有书架和乔托作品复制品的屋子里，她瞅着人们喝着格拉巴酒或是柠檬力葵酒，有的在问穿白制服的男孩再要一点咖啡，有的在聊天。两个比利时姑娘已经认识了那个车祸后离开学校的英国男子，还有那个做生意的内夫。四个人穿过屋子朝露台走去，姑娘们肩上披着开衫，因为天气没昨晚那么热了。"那家伙画了我们！"有个声音叫了起来，昨晚被人画了写生的那一对瞪着膳宿公寓意见簿上那两个几乎认不出的自己。

当她企图通过强行制造一个更加光明的现实和坚贞的未来，来改变那些已经消逝了的情境时，他同其他人一样，也退却了。她自作自受：此刻，她内心一片清澈，想通了却又困惑为何过去没有而现在却知道了。当她反思自己在切萨里纳膳宿公寓遭遇的孤寂时，并没有显露出什么，她心知将来也不会有。她仿佛又看见那个系着棕绿条纹领带、自顾讲话的老头，还有他额头上的斑斑点点。她仿佛看见自己顶着晨间的暑气，走过墓地和废弃了的加油站。她仿佛看见自己在公园里寻找着栗树的遮阴处，在第一滴雨落下的时候，穿过广场走进小餐馆。她仿佛听到圣法比奥拉教堂里清洁工沙沙的拖地声，还有游客的低语声。做祈祷的妇人不停地摸索着念珠的手指。烛光摇曳。圣法比奥拉的故事迷失在她生活中的那些人的幻影中，家族坟墓散发着无味的死亡气息。雨水让令人窒息的空气变得清新，而天使也不可思议地降临了。

寡妇们

十月头上一个暖和、晴朗的早晨。凯瑟琳醒来，发现自己成了寡妇。夜里不知哪个时辰，马修平静地走了：假如他有疼痛或不适，那她就会知道了。可现在躺在她身边的这个人还不及一张相片呢，下巴颏难看地耷拉着，把那张她曾经钟爱的脸弄得扭曲变了形。

泪水顺着凯瑟琳的两颊滴落在她的睡衣上。她跪在一边，把床单盖在这张脸上。低调安静，口气温和，三思而后行，在凯瑟琳看来，丈夫要比她聪明、练达得多，待人也更宽厚大量。在生意场上做了那么多年——他是做农机生意的——他的守信可靠有口皆碑。方圆几英里——镇子外头的人也好，左邻右舍也好——农场里曾是他顾客的人们对他的诚实与正直无不充满敬意。每逢圣诞，总有人送来家禽呀，鱼呀，一罐罐的奶油呀，一袋袋的土豆呀。葬礼一定会安排得很好。"你会在回忆中得到安慰的，凯瑟琳。"马修不止一次这么说过，试图去预想他们分离时的伤感：他们心知，这一刻为时不远了。

假如活着的是他，他就会留存那些记忆。"不管谁留下来，"当他们一天天老去的时候，他提醒凯瑟琳，"都只不过是暂时的。"在那种暂时的情况下，他们中的一个就要操持起原先是另一个人承担的家务：他熨烫自己的床单和裤子，开洗衣机，学她的样子做饭，用伊莱克斯电器；要是她或她姐姐对付不了的话，她需要安排人手把家里他原先想弄的小修小补搞好，她还要付家里头的这些账单，留心着银行的余额。马修从来不忌讳谈论他们的生离死别，也教导她不要过于看重。

凯瑟琳跪在床边祈祷，一时又黯然泪下。她够到他的手，握住床单下那冰冷、僵硬的手指。"噢，亲爱的，"她低语道，"噢，亲爱的。"

他们的三个儿子赶来参加葬礼，带着各自的家人，在这个度过他们童年时代的小镇停留了片刻。卡西尔神父在墓地里拉长声调说了结束语，很快，家里又只剩下凯瑟琳与姐姐阿莉西亚两人。九年前丈夫去世后，阿莉西亚就一直住在这里；她是两姐妹中的老大——五十七，快五十八了。

这所还老是让凯瑟琳想起丈夫不久前音容笑貌的房子颇为舒适，有个窄窄的门厅，后头是厨房，卧室在二楼。外墙刷成了蓝色，窗框和前门是白色的，它是镇子最边上的一家，也是都柏林公路的第一户人家。对面就是女隐修会学校，漆成银色的栏杆后头，学校三面被黄褐色水泥外墙的教室和修女宿舍围了起来，那个操场，常会爆发出一阵喧闹声。曾几何时，凯瑟琳和阿莉西亚也在那里嬉戏过，压根儿没注意马路对面的这幢房子，这房子那时也是蓝色的。

"你没事吧？"葬礼那天晚上阿莉西亚问道，两人正在收拾刚才倒过雪利酒的玻璃杯，还有茶杯、茶碟什么的。餐厅的餐具柜上，盛水瓶的塞子还没塞回去，桌布上的食物碎屑也还没有掸掉。"不，我没事。"凯瑟琳说。少女时代的她曾是个美人——身材苗条，是个黑里俏，笑起来带些羞涩，两颊各有个酒窝。阿莉西亚个子比她高，皮肤也微黑，亦是镇上公认的美人。如今，凯瑟琳的头发在变灰，脸蛋也胖了起来，手指关节有些肿大。阿莉西亚腰板挺直，古典、匀称的五官仍能让人想起她当年的美，她的头发要比妹妹的更灰。

"感谢他们都来了。"凯瑟琳说。

"马修人缘好。"

"是啊。"

一时间，凯瑟琳感觉眼泪又涌了上来，马修去世那天早晨到现在这还是第一次，但她忍了回去。他们的婚姻没有消失。他们的婚姻依然留存于儿孙，留存于好口碑，留存于这张属于他们的床榻，留存于记忆中。暂时不会是无休止的：这话他也说过。"你行吗，凯瑟琳？"人们问，同样的话常被人问起，她努力向人们表达，她依然受到来自各方的支持。

葬礼的第二天，律师事务所的费根上门带来几样文件，花了十分钟解释了一下文件的内容。

"好了，就是这样了。"他说，一时间，他最后说的这句话让凯瑟琳想起了徐徐放下的灵柩。挖好的墓穴被填满了。文件被整整齐齐地放在擦拭一新的餐桌上，前一天留下的食物碎屑已经清理掉了，上面铺的桌布也弄干净了。费根喝了一杯速溶咖啡，说有事打个电话就行。

"我给你当帮手。"那天早上晚些时候，凯瑟琳说起了马修留下的那些私人用品时阿莉西亚说道。衣服、鞋子就送给一家与阿莉西亚有联系的慈善机构，他们会乐意接受的。图章戒指、手表、领带别针，还有配套的自来水笔和活动铅笔，做了记号是要留给家人的，就分给凯瑟琳的三个儿子。剃须用品则丢弃。

回想自己当年死了丈夫也是这样整理遗物，阿莉西亚并没有觉得悲伤。丈夫死的时候，她远没有什么撕心裂肺的感觉：在她婚姻最后的一年零七个月里，她对他已经没有什么感情了。

"你一直是我的依靠。"凯瑟琳说，因为姐姐一直陪伴着她，而且依然像许多年以前她们还是小孩子的时候那样照顾她。

"哦，不，不。"阿莉西亚否认道。

托马斯·派厄斯·约翰·利里靠给人粉刷和装修为生。干这营生，他凭的是经验，并无什么特别的资质，也不见得特别有一手。因此，他常被人指责手艺差，这也常让他因为报酬问题与人起纠纷。可是，他要价比竞争对手来得低，这就保证了他的服务也有一定的需求量。要是因为这个那个原因一时揽不到活，只要有人找他，他便什么稀奇古怪的活儿都接。

利里人到中年，已婚，是六个孩子的父亲。他是个精瘦结实的小个子，五官紧凑，两眼布满血丝，他瘦瘦的模样时不时地会叫人想起一种一下子叫不出名来的树篱动物。稀疏的灰发从他窄窄的前额上直刷刷地梳向脑后。他两只手的食指、拇指、中指，还有上嘴唇和牙齿都被香烟熏黄了，那烟是他用一个小装置自己做出来的。利里干活时从不穿工作服，也很少见他穿着没有溅上油漆的衣服。

十一月的一个下午，马修去世六周以后，他窝着手捏着一个湿漉漉的香烟屁股，便是这副模样出现在凯瑟琳和阿莉西亚面前。他站在门阶那儿，哑着嗓子表达了自己的哀悼与同情，并不正视凯瑟琳的目光。前些日子也有人上门来表达同样的意思，不太多，都是些觉得写信太麻烦，而这种情况下打电话也不合适的人。他们短短说上几句，便匆匆离开。利里看样子倒是一时半会儿没有离去的意思。

"你真是太好了，利里先生。"凯瑟琳说。

几个月前，他帮着她家重新粉刷了房子临街的一面，还是一样的天蓝色。他还给窗框重新上了道白色的清漆。"可怜的利里走投无路了，"马修曾说，"我们要不要给他一个机会？"阿莉西亚反对。虽然利里还给他们干过其他活，可她就是不喜欢他。凯瑟琳呢，对利里也没多少好感，却又同情那些面临窘境的人。

"我能进去一会儿吗？"

街对面，女隐修会学校的孩子们趁着下午上课前正在操场上奔来跑去的。凯瑟琳依旧注视着她们，意识到自己正克制着不再皱眉头。他还想找些活，她猜，这是毫无疑问的。阿莉西亚的疑虑应验了：他不仅克扣涂料的用量，涂料的质量也是一塌糊涂，准备得也不充分。"吃一堑，长一智。"马修曾说。再者，眼下确实没有什么活。

"当然可以。"凯瑟琳站到一边，让利里走进狭长的门厅。她把他带进厨房，因为那里暖和。阿莉西亚正在桌边擦拭餐具，这个活她每个月要做一次。

"坐下吧，利里先生。"凯瑟琳给他拉出一张椅子，邀请道。

"才刚说了，我很难过，"他对阿莉西亚说，"要是有用得着我的地方，不管什么小活，我随时待命。"

"你可真好，利里先生。"凯瑟琳飞快地说道，生怕她姐姐蹦出什么刻薄话来。

"打年轻时候我就认识他了。他过去在天主教平信徒社团待过。"

"是的。"

"难忘的旧时光啊。"

他似乎有点窘。他想说些什么，却说不出来。他把一只手伸进夹克口袋。凯瑟琳看着那只手拨弄着他用来卷烟的那个小器械。不过，那只手什么也没拿就又伸了出来。两只手紧张兮兮地搓着。

"不知当不当说。"利里说。

"当说什么，利里先生？"

"实在是不好意思把这事跟您提出来。考虑到您家里不便，先前我没过来。"

阿莉西亚把那块用来蘸戈达德银器抛光剂擦拭餐具的抹布放了下来，凯瑟琳瞅着她姐姐慢吞吞地、一丝不苟地把最后几把叉子擦亮,然后摘下粉红色的橡胶手套,把它们摞在一起放到边上。阿莉西亚轧出苗头来了,她总有本事未卜先知。

"我不知道您晓不晓得,"利里问,只是对着凯瑟琳说,"那工钱还没付呢?"

"什么工钱?"

"我给您家干的活。"

"你不是指刷房子临街那面那活吧?"

"正是那事,太太。"

"可是,肯定是付了的呀。"

他轻轻叹了口气。真是不好意思,这账还欠着呢,他说。考虑到您家办丧事,这事可真够为难的。

"我丈夫付过工钱的。"

"哦,没有,没有。"

凯瑟琳才刚刚展开的眉头在前额又皱了起来。她清楚那账单已经付过了。她之所以知道,是因为马修说过,利里会要现金,那笔钱是她从自己的爱尔兰全国建筑协会的账户里取出来的,因为这样来得方便。"月底我会给你核一下账户。"马修答应过。他们经常就是这么安排的;她名下的建筑协会账户就是专门办这种事的。

"费用总共是两百二十六英镑,"利里狡黠地一笑,"现金折扣。"

她没告诉他是她亲自去取的钱。这不关他的事。她看着他用舌尖舔着上嘴唇。他用一只沾着斑斑油漆的手背抹了把嘴巴。阿莉西亚正轻轻地把叉勺放回餐具盒里。

"账单是九月份寄出来的。这种事都是我老婆一手包掉的。"

"账单很快就付清了。我丈夫付起账单来总是很快的。"

当时的情形她记得很清楚。"我这就给他送去。"马修说着，扫了一眼厨房里的钟。每天晚上，他都要去麦肯尼酒吧，在那儿待上三刻钟左右，视同伴而定。

那天晚上，为了去位于布雷迪巷的利里家，他从法兰西大街走，绕了个远路。临行前，他从棕色的全国建筑协会的信封里取出钞票，就跟早先她一样，慢慢地数了数。她瞧见他手里的那张账单。"同税务局冒险。"她还记得他鄙夷地说了一句，指的是利里喜欢现金。

回来后，他把帽子挂在洗涤室过道里的钩子上，然后拿着从麦肯尼酒吧出来后顺道在希利糖果店买的《晚报》，在厨房餐桌边坐下来。他跑到酒馆天南地北地跟人聊一通，回来后再把这些听来的东西说给阿莉西亚和她听。他爱喝瓶装史密斯威克啤酒。

"你记得那事吗？"她向姐姐求助，因为她虽然清楚地记得九月那个晚上马修离家时的情形，却记不起他回家的情景了。它被淹没在无数个习以为常的晚间，没什么特别之处，不像那些装在信封里的钞票，一张一张还有区别。

"我记得你们说过钱的事情，"阿莉西亚回忆道，"是头一天。要是我没记错的话，那天晚上我不在，上圣母军①去了。"

"前阵子，我老婆发现那笔款子没有付掉，"利里礼貌地停下来

---

① 1921年创立于爱尔兰的天主教教友传教团体。

114

倾听她们的回忆，现在他又接着说道，"'人家家里在办丧事呢。'我老婆说。要是她知道我这时候来打扰你们，非吃了我不可。"

"失陪。"凯瑟琳说。

她离开厨房来到过道里，望了望钉在餐边柜上的钉子，所有的收据发票都在那里存着。这张应该靠近头上，可是却没有。再底下也没有。碗柜的抽屉里也没有。她把三个文件夹里的东西检查了一遍，没准误把它捆进其中一个里去了。但还是没找到。

她退而求其次拿着这件东西回到了厨房：全国建筑协会的存折。她打开来，把它放在利里面前，她指着账目上两百二十六英镑取款记录。她敢说她离开那会儿两人没说什么话。利里兴许会找些话头，可阿莉西亚不会睬他的。

"九月八日，"凯瑟琳说着，用食指点着那个打印的日期，"那天是星期三。"

利里不吭声，仔细看着账目。他摇了摇头。他那紧绷绷的五官皱得更紧了，都快挤成疑惑的一团。凯瑟琳瞥了眼姐姐。在装模作样呢，阿莉西亚用表情暗示。

"钱取出来了是没错，"末了利里说道，"他是不是挪作他用了呢？"

"他用？"

"您找到收据了吗，太太？"

他语气温和，并不似那些企图不劳而获的家伙那般狡猾和鬼鬼祟祟。凯瑟琳还是站着。他把脑袋转到一边，斜着眼看她。他似乎有些内疚，但这个也是可以装的。

"我把收据簿也带来了。"他说。

他把簿子递给她，那是一个鼓鼓囊囊、油腻的笔记本，大理石花纹的封皮上印着"优胜收据簿"的字样。蓝印纸从破破烂烂的纸页中露了出来。

"凡是开具的收据这里都留有存根，"这回，他是冲着桌子对面的阿莉西亚说的，"上头一页是给客户的，复印下来的是留给我们的。不保留收据凭证，你可做不成生意。"

接着他站了起来。他打开本子，亮出那些空白页，每一页上印着同样的抬头：与 T.P. 利里的账务往来。他向凯瑟琳说明账单的明细是如何记录到蓝印纸下那薄薄的纸页上的，还有，一笔账结清之后，相关信息又是如何记录下来的：感谢付讫的字样，连带日期和利里太太潦草的签名。他把收据簿给阿莉西亚递去，同样一一向她指出那些细节。

"无论如何，"阿莉西亚说，"那张收据什么情况都有可能发生。"

"要是收据开具了，太太，这里会有存根的。"

阿莉西亚把收据簿搁在表面苍白的餐桌上，就放在那本瘦长得多的全国建筑协会的存折边上。利里的注意力依旧在那本存折上，目不转睛地盯着那里面的内容。这东西要不是作为证据拿了出来，哪轮得上他说三道四：他仍旧目不转睛。

"我丈夫就是在这张桌上数的钱，"凯瑟琳说，"银行把钱装在全国建筑协会的信封里，他就是从那个棕色信封里把钱取出来的。"

"这就怪了。"

哪里会有这种事；无论如何也不会有这种怪事。账单付掉了。姐妹俩清楚；她们各自以不同的方式猜想是利里——大概还有他老婆——发现马修的去世给了他们可乘之机，便策划了这一骗局。马修帮他们忙，付现金，这样他们就能骗过税务局。连他的去世，也是在帮他们的忙。凯瑟琳说：

"我丈夫兜里揣着那信封出的门。你是要告诉我他没到你家去吗？"

"他被人抢了吗？会不会？这年头这种可怕的事可不新鲜。"

"哦，看在上帝的分上！"

利里晃着脑袋，一副沉思的模样。当然了，不太可能，他也同意。谁要是遭劫了都会去报警。回到家也会说这件事。

"账单已经付了，利里先生。"

"一样的道理，咱们还是得有收据。还得赶紧找收据这样东西。"

阿莉西亚摇了摇头。要么是收据压根就没开出，她说，要么是放错地方了。"家里死了人，总是乱糟糟的。"她说。

要是凯瑟琳拿得出收据，利里就会跟他老婆兴师问罪。他会没精打采地说是她搞错了。他会下意识地编出点话，然后离开。

但他说："问题是，这笔钱的数目可不小。我可不能不了了之。"

凯瑟琳和阿莉西亚在商店里见过利里太太，那女人一头红发，就像个吉卜赛人，块头比她男人大，没准还是个管家婆。利里这两

117

口子都爱说谎，比说谎更坏的事也干；机会来了，他们哪里经得起这么大的诱惑。"啊错不了，那两口子有的是钱。"那女人会说。姐妹俩疑心利里夫妇过去也骗过她们，想象着他们会怎么欺骗。利里说：

"对一个为你家干过活的人来说，这也太不是个事儿了。"

凯瑟琳朝厨房门口走去。利里不紧不慢地跟在她后头走到门厅。她对那晚的印象比刚才那会儿更清晰了：那天的的确确就是星期三，糖果店老板的女儿大婚之日；她想起来了，阿莉西亚还匆匆忙忙赶去处理圣母军事务呢。麦肯尼酒吧里的人还议论起这场婚礼，说咋就挑了一礼拜当中这天，这显然跟那帮从美国来的客人有关。她默不作声地推开了房门。街对面，透过银色的栅栏，孩子们依旧在学校操场上跑着。柔和的阳光照亮了没有任何装饰的水泥外墙和修女们的宿舍。

"我该怎么办？"利里问道，一边瞪着他血红的眼珠子斜看着她。

凯瑟琳无言以对。

她们商量着这事。兴许，阿莉西亚说，收据留在了马修的哪件衣服口袋里，而这件她拿去送给慈善团体的夹克通过旧货义卖，又落入了利里之手。她都能想象，利里的婆娘如何无意之中发现，这诱惑实在太大了。利里意志薄弱，她说，再者，那个吉卜赛女人又是这样一个从不把人放在眼里的婆娘。利里的婆娘总是带着一脸的狡猾，看上去鬼鬼祟祟的，在街上推着一辆东倒西歪的手推车，她那几个衣衫破烂的娃娃一见到她就瑟瑟发抖。把存根从那本脏兮兮的收据簿里取走，这种事只有她干得出来。利里自然是受她的摆布。

阿莉西亚把擦拭好的餐具收走，她们便坐在厨房的餐桌旁。马修走得清清白白，就跟他活着的时候一样，阿莉西亚说：他一辈子都是那样谨小慎微。利里两口子无论如何也没有想过这点。既然从全国建筑协会账户里取出的款子与账单上的数目毫厘不爽，就算是打官司，有了这个证据，加之马修在债务结算方面的良好信誉，利里两口子是站不住脚的。

"我琢磨，"阿莉西亚说，"咱们是不是要去报警。"

"报警？"

"他怎么可以这副样子上咱家来？"

那天傍晚，来了一张由利里签名的账单，还是那笔数目，标着欠款尚未付讫的字样。账单是通过邮局寄来的，次日一早在门前的擦鞋垫上发现的，就压在《爱尔兰独立报》下面。

"无耻的骗子！"阿莉西亚生气地说道。

屋外的马路上传来早晨负责学校旁边十字路口交通的女学生的口令声。"准备！""准备过马路！""现在过马路！"欺诈，还这么无礼，阿莉西亚的声音愈发忿忿的。

"我真是搞不懂。"凯瑟琳说，阿莉西亚站在门厅里，猛地一转身，说事实一清二楚。她又提出要去报警。只要到麦克布赖德警官那儿跑一趟，她继续说道，利里两口子就会把账单给扔了。越来越多的姑娘到校了，操场上的叫喊声也越来越响，接着响起了手摇铃的声音，过了一会儿，四下里便安静下来。

"我就是纳闷，"凯瑟琳说，"是不是什么地方出错了。"

"没有错，凯瑟琳。"

阿莉西亚没再说下去。她走在前头，进了厨房，往炖锅里加了半锅水准备给两人煮鸡蛋，凯瑟琳切面包准备做吐司。当年她和阿莉西亚在那个操场上的时候，她何曾知道马修的存在。很多年后，她才在星期六的晚间弥撒上注意到他。又过了好久好久，他才第一次开始约她出去，头一回是散步，后来就开车了。

"那你认为会是怎么回事？"阿莉西亚问道，"难道是马修拿着钱去赌狗了？他欠人酒钱？清醒点，凯瑟琳。"

若是利里这样随随便便地前来跟阿莉西亚自己的丈夫对账，那就没必要去怀疑了：玩世不恭，招人讨厌，婚后至少同镇上一个女人有染，经常出没于赛马场、赛狗场和酒吧，早早地便进了坟墓。这个念头——那种在马修看来荒唐可笑的行径，对于阿莉西亚的丈夫而言却如同呼吸一样再自然不过了——两姐妹都想到了，只是谁也没提罢了。

"要是卡西尔神父出面去对付利里。"阿莉西亚一开口便被凯瑟琳打断了。她不想那样，她说；她不想把别人扯进来，卡西尔神父也不行。她不想因为她丈夫到底付没付账单闹得鸡飞狗跳。

"等着瞧吧，"阿莉西亚警告道，一根手指放在寄来的这个信封上，"他们不会善罢甘休的。"

"是的。"

凯瑟琳夜不能寐，想着那天晚上马修会不会在去利里家的路上把钱给丢了，会不会他把手揣进兜里发现钱不见了而羞于启齿呢。这不像他；这并不比把他想成一个讳莫如深的人，想象他婚后这么多年来带着见不得人的坏毛病来得更合乎情理。阿莉西亚的丈夫死的时候，马修说真是难过不起来，她也同意。阿莉西亚被抛弃过三次，时间有长有短，每次他们都以为他跑去找他的相好了；但他却还回来，而阿莉西亚每次都接纳他。马修当然不会丢钱；这就同疑心他是不是个无赖一样可笑。

"要是他们故伎重演，还想打别家的主意，"阿莉西亚说，"揭发他们岂不是更好？让干这种勾当的人留在家里干活岂能太平？"

那天上午，她们没再提这事。她们洗了早餐的盘子，接着，凯瑟琳外出购物，这是她一成不变的任务，这当儿，阿莉西亚便打扫楼梯、门厅，这天是星期四。凯瑟琳穿行在熟悉的街道上，在迪根先生那儿买了切片熏肉，五金店里的吉利根跟她打招呼，她想起了九月的那个星期三晚上她丈夫一路走来的情形。她不由自主地往希利的店里瞥了一眼，他在这儿买好《晚报》，再去麦肯尼酒吧。除了星期天，每天晚上，他都会带回一些新闻、各种小道消息，只要是他听到的。平日里去做忏悔也是这个时候，早半小时出门。

弗兰奇大街上，一个乡下女人看也没看就打开了车门，撞倒了一个骑车人。"啊，没事。"骑车子的年轻人说，他是西大街劳利斯肉铺的送货员，也是镇上最后一位送货员。"当然，我压根没看见他。"乡下女人冲着经过的凯瑟琳声明。车门砰地摔上了，可那女人说要是那小伙子没事，这又有什么关系呢。

卡利内，从利默里克来的衬衫推销员，那天也在镇上。马修一直在卡利内那儿买衬衫，清一色的条纹图案，蓝条纹或是棕色条纹。卡利内有他的尺寸，芒斯特和康纳克特所有男士的尺寸他都有，这两个地方是他的地盘。看见卡利内朝她走来的时候，她看得出他并不知道死讯，她抑制着悲痛告诉了他。在她说话的当儿，他把一只手放在她的胳膊上，低声说马修是个好人。有没有需要他帮忙的地方，他说，是不是他可以帮点什么忙。好多人都说过这话。

　　这之后，凯瑟琳便瞧见了利里太太。粉刷匠的老婆推着一辆童车，前进的时候，车里的孩子紧紧抓着车子。凯瑟琳穿过街道，寻思那女人是不是看到她了，疑心她可能看到了。在杰雷蒂的商店里，她在昨天的烤架上挑了个面包，因为她和阿莉西亚都不爱吃新鲜面包，加之隔天的面包是削价的。她走出商店，利里太太已经不见了。

　　"啥事没有，除了一个女人把纳伦从自行车上撞了下来，"回到家，她向阿莉西亚汇报，"是叫纳伦吗，劳利斯家的那个男孩？"

　　"要么叫基恩？是个大脑袋吗？"

　　"我想他不叫基恩。有人告诉过我一个叫纳伦的。管他是谁，这又无所谓。"她没说自己看到了利里太太，因为她不想再提起这个话题。她心知阿莉西亚说得没错：除非她有所行动，否则那个账单会没完没了。既然精心策划了这一切，利里两口子又怎么会轻易罢休？那天晚上，阿莉西亚也没再提起利里两口子，但当她们关掉电视，准备睡觉的时候，凯瑟琳说："我想，我还是把钱付给他们。这是最简单的办法了。"

阿莉西亚右手放在楼梯端柱上，正打算上楼，她狐疑地瞪着她的妹妹。凯瑟琳点点头，继续往厨房走去，阿莉西亚跟在她后头。

"可是你不能这么做，"阿莉西亚站在门口，凯瑟琳洗着她们临睡前喝过的杯子，"你不能把没有欠他们的钱付给他们。"

凯瑟琳关掉水槽的龙头，让茶杯的水滴干，将配套的茶托放在泄水盘的塑料栅格间。明天，她就从全国建筑协会的账户里再取一笔同样数目的款子，亲自把它送到布雷迪巷的利里家里。她要立等收据开出。

"凯瑟琳，你不能再拿出两百多镑来。"

"我心甘情愿。"

正说着，对于付款的细节她有了新主意。当初马修帮利里的忙，付他现金，现在再也没必要迁就他了。她到爱尔兰全国建筑协会开一张支票给 T.P.利里。她就把这个带给利里两口子，而不是一沓钞票。

"他们把你当成了傻瓜。"阿莉西亚说。

"我知道。"

"利里该吃官司。你这是在怂恿、教唆他。理智点，女人。"

阿莉西亚心底涌起一股失望，她困惑不已。她自己丈夫去世这件事已画上句号，她期盼的是妹妹同她一样孀居。她期盼的是既然婚姻已经结束，就收拾好同样的丧服，待她们处境相同，便能回到过去。厨房里，凯瑟琳主意已定，就算是阿莉西亚为对付这场信誉诈骗同她吵一架也无济于事。警察调查义卖会上的衣服去向，陌生人询问是不是有个粉刷匠的老婆来买过这件或那件衣服，私底下的秘密暴露在众目睽睽之下：凯瑟琳拿出钱来，多少是生怕这样一来无意中会败坏人们对她丈夫的记忆。阿莉西亚非常了解她妹妹，知道时间越久，她的决心越坚定。这事会给她留下印记，会影响到她；会让她产生新的怪癖。即便那天利里没有来，也会有别的事发生。

"你还会叫那人回来的吧，我猜？"阿莉西亚想刺她一下，她知道自己得逞了，"你还会把他叫回来刷房子，把你梳妆台上的小零小碎顺手牵羊拿走，对不对？"

"这和利里没有关系。"

"那和什么有关系呢？"

"随它去吧。"

晾茶巾的时候，凯瑟琳看见自己的手指在颤抖。她们从不吵架；小时候也没有吵过。阿莉西亚在这个家住了那么多年，还从来没有那么生气地说过话，她气咻咻地抬高了嗓门。

"他们欺人太甚，这是在欺负人，凯瑟琳。"

"是的。"

她们没再说话，甚至没有道晚安。阿莉西亚把自己卧室的门关上，气急败坏地想着，自己的期望不算过分吧。她在那场愚蠢的婚姻里遭遇了不幸，之后，又受惠于这个家。虽然这并非出自她本意，但她毫无怨言地包容了她这么多；为什么她就不能公平地希望孀居之后，两人首先要变回姐妹呢？

卧室里，凯瑟琳脱去衣裳，望着梳妆台镜子里自己的赤身发了会呆。她怀念他在床上的温暖，怀念他睡前用一只手搂着她，那最后一次拥抱，还有夜里他有时会说的他爱她。她穿上睡衣，跪下来祷告，熄灯。

黑暗中，某种朦朦胧胧、模糊不清的直觉将她拉到阿莉西亚的失望情绪中。家庭照片上——有些还清清楚楚，有些细部已经褪了色，那是太阳晒的——她们曾经是姐妹俩：漂亮的阿莉西亚，自信地微笑着；凯瑟琳在她的保护下。凯瑟琳最早的记忆是一朵黄色的花，阳光，还有头上戴的白帽子。那是朵黄花九轮草，阿莉西亚后来告诉她，那天，她们跟着母亲到河边破房子那儿去，她发现了一朵黄花九轮草。"瞧，凯瑟琳，"她说，"一朵美丽的花。"凯瑟琳曾羡慕地望着阿莉西亚穿着她初次圣礼①的盛装走来走去，后来男孩们都注意到她了。阿莉西亚是个重要的人，负责，可靠，做事得体，很有做姐姐的样。她是她的支柱，葬礼后凯瑟琳说道，阿莉西亚虽然摇着头，却是满心欢喜。

辗转了半小时之后，凯瑟琳睡着了。夜里她醒了几回，每回醒来，脑子里尽是她下的决心还有她姐姐怒气冲冲的脸，那张脸上升起两块小小的红斑，高高地挂在两颊上，眼睛里写满了耻辱。"笑柄啊，"阿莉西亚在梦呓，"只会落下个笑柄，凯瑟琳。"

凯瑟琳躺在那里，想象着那即将到来的无言的早餐，想象着自己朝布雷迪巷走去，想象着利里拨弄着他做香烟的小装置，他老婆

---

① 罗马天主教的一种仪式，七八岁的儿童初次领食圣餐，表示正式被罗马天主教接受。

穿着粉红色的绒毛拖鞋，两条没穿袜子的光腿因为离炉火太近，看上去斑斑驳驳。他们会给她端茶，可凯瑟琳不会喝的。"一个正派的人从来都不会有那种事。"利里兴许会这么说。

她再也睡不着了。她注视着黑夜一点点变亮，听见屋外马路上这天驶过第一辆车子。不经意间，一个小小的欺诈事件使得她姐姐借死去的人发威，而她自己当年变成寡妇时却不曾如此。她一度逃避着这份权利；而现在这份权利减少了，就如同不曾有过。

在她疲惫的意识里，凯瑟琳知道这种直觉不是错觉。她家里既有两个寡妇，阿莉西亚的妒忌无疑会影响到两人，今晚暴露出的情形将会持久不散。寡妇首先就是寡妇。凯瑟琳可以悼念亡者，独自去回味那爱的温暖。而留存于阿莉西亚心中的，只是对自己美貌的记忆。

吉尔伯特的母亲

一九八九年十一月二十日，星期一，在南伦敦极少发生暴力事件的某片区域，十九岁的女店员卡罗尔·迪克森被人用棍棒击死，死亡时间约在晚上十点一刻至午夜间。大约九点五十分左右，她还和朋友林赛安妮·特罗特道了晚安，之前，两人一直在看电视剧《加冕街》《溪边》和《布恩》。她步行前往七百码之外位于罗尔兰兹小区的父母家，却没有到家。她父母呢，只当她和林赛安妮去了迪斯科舞厅——尽管那天是星期一——十一点半便上了床，不管女儿回不回家，他们通常的习惯就是如此。卡罗尔·迪克森的尸体次日一早在一英里多外的老机车路上被一个擦窗工发现，躺在落叶与杂乱茂密的枸子丛间。因为不想卷入这件在他看来"显然是艳俗之事"的事情，擦窗工重新骑上自行车，跑掉了；一个小时后，几个学生报告说在老机车路边的灌木丛里发现一具死尸。因为众所周知擦窗工——罗纳德·克雷格·托马斯——每个工作日的早上都要打这条路线走，后来他被停了工作，被警察叫去询问了。那天中午，广播新闻播报了这起悲剧，电台播音员注意到这一事件，他说，一名男子正在协助警方接受问讯。他还说卡罗尔死前曾遭强奸，这点要么是误传，要么是他自己的推测。事实并非如此。

罗莎莉·曼尼恩，一个月前刚满五十岁，正在厨房的水槽边削土豆，一边听着广播剧《弓箭手》。从外表上也能看出她已步入中年了；皱纹爬上了她妩媚的圆脸，不经意地分布得恰到好处。她身材依旧苗条，不见发福的痕迹；头发有些灰了，跟过去大不一样。比起童年时候那对闪亮的眸子，罗莎莉那双棕色的眼睛如今只是略微黯淡了一点儿。

"你好。"听见楼梯上儿子的脚步声，她叫道。因为收音机里在喋喋不休，她没有听到吉尔伯特的应答，不过她知道，他一定应过一声了，因为一直都这样。《弓箭手》的音乐响起来了，接着，电台里开始讨论起辐照食品。

离婚时就决定房子应该给罗莎莉。那是十六年前的一九七三年。关于房子，没有吵过架，连争执都没有。这是吉尔伯特的家；仅仅出于公平而已，考虑到应该尽可能减少对吉尔伯特生活的影响。于是，西南 15 布莱尼姆大道 21 号归到了她的名下，而她曾经的丈夫则在弗吉尼亚湖附近一座都铎风格的宅子里与另一个女人成了家。罗莎莉一度又重操起婚前所从事的植物学研究，但三年后发现自己实在是厌倦了，便放弃了这一行。如今，她在一家家纺店做兼职。

罗莎莉的心底有种令她欣慰的预感，就是布莱尼姆大道 21 号有朝一日会成为吉尔伯特赖以维持生计的地方。她盘算着要改造阁楼和二楼，把它们变成配套齐全的独用小间。而底楼有的是空间让她和吉尔伯特大摆门面，花园肯定要保留，她死后这个格局也将继续下去，如此一来，当年吉尔伯特的父亲为他自己投资的这份房产就能生出收入来。吉尔伯特呢，她清楚，是永远也不会结婚的。眼下，他在一家建筑设计公司打工——干些整理图纸、复印、到邮局给信件贴邮票、投寄或是取包裹啊、煮茶煮咖啡之类的活，打打杂。到了晚上，罗莎莉会听到吉尔伯特说起重新整理图纸柜里的东西时获得的灵感，要么就是听到他说卡尔·克威克公司的纸每张要比即效公司便宜两便士。"哦，好极了。"据说公司里的人都这么说；不过他母亲想听点更具体的。

"今天一切都好吗？"十一月二十一日这天晚上，他又从楼上下来，她问道。他在厨房抽屉里翻找着刀叉和餐垫。

"棒极了。"他说，他一边调着芥末酱，一边向她讲述这一天的情形。

他把餐具放在印有西班牙大帆船的餐垫上，端了个托盘走进餐厅，在桌边坐下，打开电视。他们一直都是边看电视边吃饭，但两人都不喜欢把盘子放在膝头。他们面对面坐在桌旁，吃完饭，吉尔伯特帮着洗碗，之后，通常总要出去会儿，要么步行去"阿拉伯男孩"或是"德文郡武器"酒吧，要么开车去"公牛"或是"市场园丁"酒吧。罗莎莉常听他说工作一天后，他就喜欢用这种方式来放松自己；他就喜欢周遭全是人，而自己独享孤独；他就喜欢那些声音，喜欢自动唱机里的音乐。他喝得不多；他喝苹果汁，一晚上喝一品脱，因为他不喜欢啤酒。这个他也告诉过她。他对她无话不说，吉尔伯特一边说，一边平静地看着她，他的音调却在暗示，这

129

不是实话。

擦窗工罗恩被负责这起案子的巡官训斥了一番，之后，又被一个巡佐和一名女警教训了一通。枸子丛里那具女尸本来有可能还活着，他被告知；她死了，但原本可能是活的。遇到那种事情立即报警，是每个公民的责任，而他却无动于衷，一走了之。

巧得很，罗恩与吉尔伯特·曼尼恩同岁——都是二十五岁——他说自己是签合同的：九点前必须把迪斯累里大街和洛厄大街的商店橱窗擦好；要是耽搁了，不管是在工作中还是在路上耽搁的，就赶不上那个点了。何况看到一个衣衫不整的女孩那样扭曲地躺着，两只眼睛瞪着他，他着实吓坏了；那副样子怎么可能还有活气呢，他坚持认为。

警察把罗恩·托马斯折腾了五个小时。他有前科，有过小偷小摸、破坏他人财产的行为，但依然无法把他与这起罪案联系在一起，除了他没有报警这一事实。就那个问题训斥他的时候，巡官也好，巡佐也好，还有那个女警，无一不是强忍着焦躁与沮丧。头天夜里，也就是十点一刻至午夜这段时间，罗恩·托马斯的去向一定得有个交代。"你看上去就像个畜生，托马斯。"巡官用一种随你爱听不爱听的音调说道，转而把注意力集中到那辆曾被人在案发现场附近看到的银色沃克斯豪尔汽车上。

一名叫马瑟斯的女子见过那车，一对在一户人家门口接吻的男女也看到了。那天晚上早些时候，应该是九点左右，那辆车沿着老机车路开来，随后拐进一条死胡同——马厩巷——在那里停了半小时，却没有人出现过。住在马厩巷的马瑟斯太太有种感觉，不管车子里面是什么人，准不是干好事的，她也如此这般对她姐姐说了。站在门口的那对男女说前灯又亮了起来，那车慢慢地在死胡同里调头；车子开上了老机车路，他们的眼睛被前灯刺得花了一阵；他们看不清车里的人。

"车里的人很可能是，"等那对男女走了，巡官疲惫不堪地纠正道，"做皮肉生意的妓女。"

即便如此，对那辆沃克斯豪尔汽车的描述还是归纳了起来，车身有刮擦，外表破旧，无线电天线扭成了一团：片刻工夫，关于具有这些外表特征的银色沃克斯豪尔汽车的电话从伦敦各处打来。这其中有些是蓄意的——借机报复那些有宿怨的这类车的车主；其他则是毫无结果。但是，有个从电话亭打电话来的女人说，她的一个朋友头天夜里开车去过马厩巷，去的那个时间正是他们讨论的那个点。那女人既没有告知姓名也没有告知职业，只是加了一句，说她朋友开车去马厩巷是要在车里商量一件家事，而马厩巷比较安静。人们料想这定是巡官所推测的妓女或兼职妓女之类的；就像对罗恩·托马斯一样，人们对银色沃克斯豪尔汽车也没了兴趣。

吉尔伯特一头黑发，五点八英尺高，身形瘦削。他五官端正，匀称的嘴，匀称的鼻子，一对像极了他母亲的棕色眼睛，高高的颧骨。吉尔伯特身上的一切都很协调；甚至他的声音——温柔而平和——都属于这一整体。他异于常人的地方是——并无什么明显的原因，更何况他也不健谈——只要他出现在屋里，就不会被忽略；

即便是离开了，他的影子仿佛还徘徊不去。

吉尔伯特两岁时，每当他凝视的时候，眼神里会有一种极端的东西令罗莎莉奇怪不已。他会眼睛一眨都不眨地盯着椅子腿或是自己的脚看上半天。他一声不吭，这便是让她担心的地方。他会仔细地检视着自己的手掌心。他会像老人那样张着他的手指，依旧默不作声地检查着皮肤的纹路。随后，像这一切开始那样般的突然，他不再凝视。等他到了五岁，厨房里丢了几件小玩意——茶匙、蛋杯，还有一把土豆削皮器。这些东西再也没找到过。

到了九岁，吉尔伯特又经历了精神方面的问题。这种情况最明显的一个事例就是有天放学他没有回家。他本应和一群住在同一街区的孩子乘巴士回来的。那天黄昏时候报的警，但吉尔伯特并没有找到，也没有人报告说在哪里见过他。第二天早上七点半过了，在一幢公寓楼的地下室过了一夜的他，才揿响了布莱尼姆大道21号的门铃。他什么也没对他母亲解释。沉默取代了平日价迫不及待要打开话闸的样子，那情形，就如同当年他检视自己的双手、厨房里的物件失踪了一样。

很快，吉尔伯特不愿意做布置给他的家庭作业，只是呆坐着，一言不发，在课堂上也不肯把书打开，甚至都不愿意把书从书包拿出来。人家问起，他也不解释。吉尔伯特成年后固执的性格从那时就开始了：一个精神科医生认为这孩子认定自己被剥夺了某种权利，还有个精神分析学家——这是后来的事了——对这个令人头疼的问题持相同的观点，不过是用他不同的专业术语和调整过的行话表述了一番。一九七八年，吉尔伯特十四岁，那一年，他是在一家

132

致力于观察有异常行为趋向的研究中心度过的。"我们会鼓励吉尔
伯特让我们分担他的困难。"一个留着胡子的男人对罗莎莉说，又
含含糊糊地加了一句："当然了，会有定期的咨询。"可是，当吉尔
伯特回到布莱尼姆大道 21 号，他仍是先前那副模样，除了长高了
两英寸、嘴唇上边和下巴上长出了颇为显眼的茸毛。他在学校里拒
绝合作，却成功地自学了数学、拉丁语、地理、法语和基础德语。
他读起书来如饥似渴，爱看历史书和历史传记；他用正确的拼写和
合乎语法的散文体写下一篇篇长长的随笔，他还和罗莎莉讨论加富
尔①和查理曼，还有形形色色的条约、土地契约等等。一九八四
年，他二十岁了，又失踪过一星期。到了第二年年底，他失踪了更
长一段时间，但是后来从南海岸的几处海滨胜地给罗莎莉寄来过美
术明信片，说他很好，在旅馆里打工呢。事后他并不愿意详谈这
些，等到又一次失踪的时候，他还是从同一个地区寄回明信片；回
来时，居然开了一辆斯柯达汽车。他母亲根本就不知道他是什么时
候、在哪里学的驾驶，也不知道在他墙边桌抽屉里发现的那本驾照
是怎么搞的。他先是在一家果酱厂的罐装车间干了一阵子，后来
去了建筑设计公司，他觉得那地方更有意思。有位社会福利工作
者——一名认真负责、在行为研究中心认识了吉尔伯特的妇女——
仍然时不时地来探望他，一般是趁着星期六上午他不用去上班的时
候上门来。"没完没了地说着复印的事。"有回她说道，本想再加一
句，说他的喋喋不休实在叫人受不了，又觉得这样讲过于刻薄而说

———————————

① 意大利王国首任首相。

133

不出口。末了她对罗莎莉说，看样子心理咨询对她儿子没什么作用，他已经很好地适应了他的工作，于是，她停止了星期六上午的拜访。看上去挺叫人满意，她说，不会惹麻烦。

罗莎莉可没有那么乐观。她不相信儿子是令人满意的。长期以来她从来就没相信过，她知道，那天下午放学他没有回家，这根不安定的链子就开始形成了，那件事就是这根链子上的一颗珠子。当初他被送进行为研究中心的时候，她是希望他能无限期地待在那里。"好了，让我们试着分析一下你为什么会有这样的心思，曼尼恩太太。"一个工作人员曾逼问她，那副腔调带着一种傲慢的冷静。可是，当她表示这不过是她所感觉的，她被严厉地呵斥了一番。那人向她指出，中心是观察和研究积累病史的地方：那方面吉尔伯特配得不错，可这当然不能是他留在那儿的理由。有她在，是她儿子的幸运，她被告知。她有她的角色，那个依旧傲慢的语气坚持道，何需多说。毕竟，她是母亲。

十一月二十一日，星期二，这天晚上，吉尔伯特跟往常一样帮着洗了碗，随后说打算开车去公牛酒吧。同平时一样，他把地址告诉了母亲：在上里奇蒙路和希恩巷的拐角处。

"我不会待很久的。"他说。

晚上九点的电视新闻里，出现了卡罗尔·迪克森尸体下枝枝蔓蔓的枸子和落叶的画面。卡罗尔的母亲恳求目击者能站出来，说到一半便昏了过去；镜头久久地停留在这位痛不欲生的母亲身上。

罗莎莉没有起身，用遥控器关掉了电视。她一时半会儿竟想不

134

起昨晚吉尔伯特有没有出去，后来她想起来了，他出去过，而且回来得比平时要早。新闻，电台的也好，电视里的也好，总是令她心生畏惧。要是发生了蓄意纵火、小孩受骗事件，或是超市的婴儿食品罐里发现了碎玻璃，这种畏惧就会油然而生。粗粗一估算，要是时间、地点对不上号，才松上口气。在她逐渐习惯这些以前，她不止一次地躺在床上哆嗦，挣扎着控制住因惊吓过度而产生的慌乱情绪。他第二次寄回美术明信片的时候，这个会说人话的小匣子曾播出过一个烧了个精光的舞厅，还有布莱顿停车场上十四名裹着毯子、模糊难辨的死者。就在吉尔伯特出现前四天，一个十字形水道的渡口处——亦是蓄意纵火，新闻里猜测——曾经发生过一场火灾。"我不过是开着那辆斯柯达四处转转。"有回哈里法克斯建筑协会一个分会遭一名持枪男子抢劫，事后发现那名男子留在柜台上的武器是一把水枪，那天他也不在家。有回一名老妇在她的廉租公寓里被人绑在椅子上，而被盗的不过是一只闹钟，这让罗莎莉想起了茶匙、蛋杯，还有土豆削皮器，而那天他也不在家。她确信这需要一种胆量，就算他所冒之险全都对他有利：他不会把自己置于危险中，他有权利让自己所选择的鲁莽行为起死回生，他有权利保持沉默。他不会被人抓住。

昨晚，他回来得比平常要早：她情不自禁地再一次确认这一点。不过回忆起来并没有什么不同。当她看见尸体所躺的地方，注意到警官那疲惫而疑惑的眼神，她知道这是起疑案；几个星期、几个月里，侦破不会有进展，这起案子会悬在那里。同样，她也知道，要是她走进吉尔伯特的房间，她不会找到枸子的一枝半叶，也找不到那姑娘衣服上的一丝半缕。吉尔伯特的身上不会有刮痕，衣服上不会有破损，他的斯柯达也不会有血点子。

从来没有人说过罗莎莉失败的婚姻是因为吉尔伯特，但是在离异后的十六年里，她经常琢磨，是不是多少同这个有关。是不是甚至从那时起——吉尔伯特只有九岁的时候——她就已经被自己无休止的恐惧给毁了一半，遭受着不知不觉蔓生出来的强迫症的折磨，而变得乏味、无力和倦怠？这些都没有被说起过：起因是另一个女人。据说那是一份难以抗拒的爱。

罗莎莉一度认为是那份不可抗拒的爱使早已存在的残局得以了结。隐藏于时间背后的——就像某种放在一块熟悉的石头底下的东西，某种像危险一样悄然到来的东西——就是起因。一连串的事件强化了这一观点。离异后，不乏爱慕她的男士递送秋波，上戏院，下馆子，浪漫的暗示。但警惕心渐生，最后总是以失败告终。每次她都尽量不谈儿子，可她知道，无论如何他总是在那里，恐惧的感觉难以掩藏。这加剧了她的孤独感、四下弥漫的焦虑感，令人筋疲力尽。在家纺店，当周围的声音全在讨论那件可怕的事时，她的双手难以克制地颤抖起来。

"我给你带了份《旗帜晚报》。"吉尔伯特笑着对她说。在酒吧里顺手拿报纸是他的一个癖好。有时他会玩个把戏，看着那些正在读报的人，试着去猜谁会把报纸留下。他自己从来不买报纸。

"谢谢你，亲爱的。"她说着，回应他的微笑。"我相信吉尔伯特偷了辆车。"她曾写信给他父亲，接到信他就打电话过来，一个字都没打断她地聆听着。可是他平静而温柔地指出，这不过是她的猜想，令人怀疑而已。

"有蛋糕吗？"吉尔伯特说，"吉卜林先生①还有吗？"

她说厨房里还有一块，就在花街糖果盒里。

"想喝茶吗？"他又问。

她摇了摇头。"不，今晚不想喝，亲爱的。"

他没有离开房间，转而给她讲起了他去酒吧的事。他喝了半品脱苹果汁，观察着其他的酒客。俩女孩整个儿趴在一个留着八字须的男人身上，那男的要比她们大许多。女孩们都喝醉了，尖声尖气地有说有笑。她们中那个穿着红色白点裙子的女孩裙子拱得老高，吉尔伯特都看到她的衬裤了。衬裤是蓝色的。

"可真滑稽，"吉尔伯特说，"她那副满不在乎的样子。"

她在《旗帜晚报》头版上看到了卡罗尔·迪克森的半版照片，不是个特别漂亮的女孩，牙齿咬得紧紧的，咧嘴笑着，一头金发。她应该料到他会带回《旗帜晚报》；如果她想过便能猜到。"你是个很有想象力的女人，"她请教过的一名专家曾经一边拨弄着他桌上的文件，一边这样对她说，"对待这样的病例，真的，不要胡思乱想为好。"

酒吧里有个老头找过他的麻烦，他说。"今晚闹得慌。"老头说。

吉尔伯特表示同意，一边轻轻地挪开身子好去看那俩女孩，可

---

① 英国一糕点品牌。

老头仍然挡着道。

"抽烟吗，亲爱的？"老头拿出一包本海孜牌香烟，向他发出邀请。

她可以一直这么猜下去，有时罗莎莉会想：接下去会发生什么，他会如何不去提及《旗帜晚报》头版上的这个女孩，恐慌会如何轻轻地在她内心聚集、加重，毫无预兆地变成一个心结，她又会如何嘴巴发干讲不出话来。

"后来我挥手拦下一辆警车，"吉尔伯特说，"我对他们说：'那个老流氓今晚又出来了。'哦，我不得不这么做。"

他看到那辆警车正慢吞吞地开过来，他说，于是他将车开到路边那辆车的前面，做了个手势。"我告诉他们，要是他们马上赶过去，他肯定还在那里。他们把他对我说过的话、说话的声调等等全都记下来。当我把这件事说给他们听的时候，他们都认为用下流的方式说话也是违法的。他们可真不赖。我跟他们解释说，我觉得应该报警为好，保不准下回又是个年轻小伙子呢。他们说对极了。他们这就把他登记入册。就算今晚不拘留他，他们也会把他登记入册的。他们可以给这种人一个警告，要是有人指控，还可以拘留他。我说，我随时都会指控的，因为那可能伤害到一个单纯的少年。我说这是他第八次还是第九次对我用这种声调说话了。他们都认为理应让人们安安静静地喝酒。"

"昨晚你没有再出去吧，亲爱的？"

"昨晚？那流氓是今晚——"

"不，我说的是昨晚。你回来得很早，不是吗？"

因为没来由的头痛，她昨晚吃过晚饭就上床了。但她听到了他进门的声音，九点一刻不到，肯定不超过九点半。她十点左右睡着的；她觉得自己记得睡着前还听见电视机的声音呢。

"昨晚放了《夜长梦多》①，"他说，"不过，你不能把那种事重新安排在英国。那是行不通的。卡尔·克威克公司有个姑娘说这片子棒极了，可我说我觉得很没劲。我说它不合情理，背离了原著。他们居然违背原著，太傻了，我说。"

"是啊。"

"那姑娘是西印度群岛来的。"

罗莎莉微笑着点点头。

"可笑，居然说它棒极了。这种观点实在可笑。"

"可能她不知道有原著小说。"

"我说了。我解释过。可她就是一个劲地说棒极了。她们都那样，西印度群岛的姑娘。"

有时候，当他在那里滔滔不绝的时候，她感觉他就像一个并不存在的人的影子。他听似正常的表述令她筋疲力尽。今晚与警察对话会不会是一桩蓄意的行为？是否也是为了公然反抗与挑衅这个将会剥夺他权利的世界？她经常觉得，他漫无目的的生活仿佛充满了目的。

"我去沏茶，"他说，"今晚可真够冷的。"

"我不喝，亲爱的。"

---

① 改编自雷蒙·钱德勒小说的美国悬疑片。

"卡尔·克威克公司那家伙说他挡风玻璃上的抗冻剂冻住了。当然了,谁信他呀。他们管他叫'特大汤姆斯'。说他喜欢纸的味道。喜欢吃纸袋子、纸板之类的东西。谁信他呀。尽管没什么恶意。"

"没吃,我相信他没吃。"

"天生的。真可怜。我的意思是,我看见他在嚼东西,一刻不停地在嚼。也可能是在嚼口香糖。也可能是太妃糖,实际上。"

她木然地坐在那里,盯着灰色的、一片空白的电视机屏幕,他去沏茶了。在他们婚姻破裂很久以前,他父亲就发觉自己不可能爱他。虽然这个也没有说起过,可她清楚,这是事实。出于某种原因,他没有激发出父爱。一说起他应该留在研究中心,那里他们会研究他,她就心碎不已。而每次她乞求道他该被放在什么地方,而他们说研究中心不合适的时候,她也心碎不已。他生性警觉,她又如何能适宜地满足他的要求?她所能做的就是聆听他的胡言乱语,留心别让他无法忍受的羊毛制品贴近他的皮肤。被他招手拦下的警察一定说过他脑子不正常。卡尔·克威克公司里的人肯定也这么说。

"你都看完了?"他端着个托盘回到屋里,她问道,"就算那部电影这么愚蠢,你还是看到结束了?"

"什么电影?"

"《夜长梦多》。"

"那片子实在太没劲了。"

他打开了电视。政客们在讨论罗马尼亚。他的五官在光亮的屏幕下变了颜色，看不出表情，既不欣喜，也不忧郁。他一丝不苟地服用医生开的药。"没什么可怕的，"有人对她保证过，"只要服了药。什么事也没有。"

舞厅失火那次，她以为自己再也见不到他了。她以为他不会回来了，最后会是讯问，成双成对地接踵而来。她想象过等待，但一天一天过去，什么也没发生；随后，又想象着他在某个意想不到的地方被捕。事实上，他又回来了。

"吉卜林先生最爱。"他说着，给她递上糖霜蛋糕，蛋糕还放在盒子里呢。她摇摇头，他给自己倒了杯茶。

"跟你打赌，他嚼的肯定是口香糖，"他说，"打赌。"

若是昨晚他又出去了，她会听到汽车发动的声音。汽车声会把她闹醒。她会坐起来，又担心起来。她会把床头灯打开，等待着听到汽车回来的声音。就算他一到家马上又出门，全速驶到伦敦那一地区，至少得在十点过五分的时候到达，这是他们给出的时间；最晚不超过十点零五分，因为那姑娘是九点五十分同朋友告别的，而且只要走七百码的距离。他带回《旗帜晚报》也没什么不正常。他以前也讲过那个同性恋老头骚扰过他：只不过凑巧今晚有辆警车在巡逻。

"这节目叫人讨厌。"他说着，换了电视频道。他的手很瘦——一双纤巧的手，比她的大不了多少。他没有暴力倾向。当她打苍蝇的时候，有时候他还是会叫："不！不！"在他那些冒险的举动中，还从来没有过暴力行为——他拒绝打开课本也好，他在地下室过夜也好，他没花钱就搞到一辆汽车也好。没有人会否认在他那令人生厌的喋喋不休之下不动声色地隐藏着一种聪慧。也没有人会否认，他虽然令人困惑，却从来不具有攻击性。

"嘿，瞧那个。"他突然大叫起来，把她的注意力拉到一个减肥夏令营里的胖子身上。他哈哈大笑，她想起人们第一次抱给她看的那张婴儿脸。人们不需要他。他的父亲，全体医生，那名义工，那些他试图与之交朋友的人：所有的人都那么快就抛弃了他。他勉强待在建筑师事务所；无论他去哪里，都是那样勉强。

"可怕，"他说，"胖成那样。"

接着新闻又开始了，是三频道，他安静地坐着——那种他闭了嘴的可怕的安静。屏幕上卡罗尔·迪克森的脸就跟报纸上的一模一样。她的母亲崩溃了，警察在讲述案情：整条新闻一直在重播。

她看见他目不转睛地盯着屏幕，像是被迷住了。他听得很仔细。新闻结束后他穿过屋子去拿那份《旗帜晚报》。他读着报纸，忘了他的茶和蛋糕。她关掉了电视。

"晚安，吉尔伯特。"他上楼去睡觉的时候她说道。他没搭腔。

报纸搁在他椅子旁的地板上，卡罗尔·迪克森展开着脸对着她，不偏不倚。她记得第一次失踪后他回家站在那里的样子，他靠在厨房的门框上，眼珠子跟着她，一声不吭。当他开着斯柯达回来的时候，她想过报警。她想过试着找一个和气的、穿着制服的、上了点年纪的人解释一下，寻求帮助。可是，当然了，她没有。

此刻，她也可以拨999。或者，打电话前，她可以明天到警察局去一趟，去谢罪，希望再一次得到安慰。但就算她有这些念头，她知道，它们也都是虚伪的。他出生之前，是她在支配着他。她感觉过他的双唇猛拽着她的乳头，那时他是个无助的小生物，如今长成了一个掌控她、令她变得彻底孤独的人。她的恐惧使他变成了一个人，她力所能及地滋养着他。他感觉到了这一点，当他第一次呆呆地检视着自己双手的时候，便感觉到了他母亲本能的恐慌。他感觉到了这一点，当他把厨房里的东西藏到了人们找不到的地方，当他没有从学校回来，当他对着义工说着复印的事的时候。他深晓这些疲惫的念头会反复出现，这令人忧心的追踪会以缓慢而熟悉的速度兜着一圈又一圈。斯柯达是偷来的；停在屋外，永远都是一个提醒之物。

她知道，自己会一宿都坐在那里，一码之外，是他留下的卡罗尔·迪克森那张模糊不清的头像。她不愿去睡觉，因为睡觉意味着还要醒来，而那时，活生生的现实又会开始萦绕不去。她的职责就是接受：他脑子不正常，是她决意要把他生下来的。永远都不会有人理解他存在的奥秘，还有他们共同的未曾流出的眼泪。

土豆贩子

　　要是他们出钱，马尔雷维就愿意娶她。埃莉的舅舅说，她不能把一个没爹的孩子带到世上来。他才不管时下的做派呢；他也不会理会时下的风尚；但他受不了往后的风言风语。"马尔雷维，"她舅舅又说了一遍，"你知道我说的这个马尔雷维是谁吗？"

　　她不怎么认识。她脑子里浮现出一个形象，一张四四方方的大脸，黑头发，嘴上叼着个烟蒂，慢吞吞地说着同意或不同意，眼睛小，却尖溜溜的。马尔雷维是个土豆贩子。他每年上农场来一次，开着他那辆破货车咔嚓咔嚓地驶进院子，再将车倒到那堆给他准备好的麻袋边上。查看土豆的时候，有时他会晃着脑袋，说它们也太小了。他是在唬人，埃莉的舅舅认为。精着呢，她舅舅说。

　　"我来告诉你一件事，丫头，"当她鼓足勇气反对这个提议时，她舅舅说道，"我来告诉你：除非照我说的做，否则你就不能在这里待下去。虽说时下这无所谓，丫头，可还是有闲话。"

　　当地人都管他叫拉里塞先生，很少有人叫他的教名，也就是约瑟夫。埃莉也不叫他"约瑟夫舅舅"，从来都不这么叫；有时候叫他"舅舅"，也不常叫，因为那样的话，就会显出一种他们之间并

144

不存在的亲密感。她把他视作拉里塞先生。

"要么这样要么那样，丫头。"

她母亲——她舅舅的妹妹——什么也没说。她母亲对于马尔雷维这个人只字不提，但埃莉知道，她同意她舅舅的那些看法，而且最终也会接受这个被提出来的解决办法。她辜负了母亲；她让她痛苦；她母亲犯得着关心眼下发生的事吗？整个儿一团糟。在农舍的厨房里，她母亲和她舅舅都在想着同一件事。

她舅舅——一个憔悴、疲惫的男人，过去并不像这样忧心忡忡——不会原谅她，永远也不会：他就是这么说的，埃莉知道这是真的。父亲死后，她和母亲来到农场，勉勉强强地跟他生活在一起；他一直就是这么看待的，尽管她母亲将家里煮饭、打扫的活全包了，尽管埃莉从十一岁起到了夏天就帮着到地里干活，收鸡蛋、清洗鸡蛋、喂猪。她舅舅从来没结过婚；要是一九七八年埃莉五岁那年没有同她母亲搬来农场，他还会是老样子，自力更生。

"你可以选择，丫头。"眼下，他在农舍的厨房里一遍又一遍地说着。他就是那样的人，埃莉的母亲说；打了一辈子光棍的人有时就是那样。

起先他说——两周前——他外甥女应该自己去找个丈夫，虽然这有违教理。她母亲说这样不行，可转而一想，假如这不是唯一的出路，虽然这路别的姑娘也走过，那么又能到哪里去想法子呢？他们可以离开这里，悄没声地把这事给做了，他们可以去找高尔韦堂兄弟，又有谁会知道。可是埃莉，带着一身的倔强，尽管羞耻、哭泣，却不同意。在过去的两个星期里，她不知痛哭了多少回，铁了心要把孩子生下来。

因为爱孩子的父亲，埃莉早已爱上了这个孩子。要是他们把她赶出去，要是她不得不流浪在莫伊尔格拉斯或是别的镇子找工作，她也愿意。不过埃莉不想那么做；她不希望自己变得身无分文，因为这会危及到分娩。从她确定自己想要个孩子的那一刻起，她就暗暗下了决心绝不那么做。

"马尔雷维。"她舅舅又说了。

"我知道这个人。"

她母亲坐在那里，垂着眼，瞪着岁月在厨房餐桌上留下的道道划痕。她母亲把想说的话都说了：丢脸，无耻，下流，人们一转身就会这么说，这就是你的付出、你做出的牺牲所换来的所有感谢。"现在还有谁会要你呢？"母亲问她，不止一次了。

"听好了，我可没说马尔雷维会上钩，"埃莉的舅舅说，"我可没说他会答应这事。"

埃莉一声没吭。她离开厨房，走到院子里，那些火鸡尖叫着冲她跑过来，以为跟平常一样，她又要撒点吃的给它们。她走过这些火鸡，径直走出那扇黑色的铁门，铁门之外，外屋那边，是那块倾斜的三角形的田地，也就是她舅舅的田产中最贫瘠的那两英亩。豚草和荆豆疯长着，一片片岩石大肆裸露着。这是她最喜欢的一块地，兴许是因为她一直听到它在被人咒骂，孩提时代起，她就为它感到难过。"哦，得了，它美极了！"当她告诉他她为这块三角地感到难过时，她那未出生的孩子的父亲说道。也就是那以后，他说自己要是很小的时候就认识她该多好，他要她说说她的过去。

当事情摆在马尔雷维面前时，他假装很反感。他没有规劝，那不是他的风格。但就像是伤心地意识到这是对他个人的冒犯，他耷拉着嘴角，这副模样，就跟他有时候手里拿着个土豆，摇晃着脑袋，既不满意那土豆的个头，又不中意它的形状时一样。香烟灰星星点点地飘落在他的衬衫前胸上，他浅褐色的开襟毛衣没有系扣子，因为这天暖和，他的衬衫领子也敞着，最贴近脖子的那块露出一条污垢。

"得了，那可真是件怪事。"马尔雷维说，他假惺惺的厌恶感很快就消失了，转而试图用一种令人气愤的幽默感取而代之。

"数目还是不小的。"拉里塞先生说，却并没有把脑子里那个数字讲出来，马尔雷维也没问。他连那个父亲是谁也没问。他用一种漫不经心的口气说起自己正同一个从巴利纳搬来莫伊尔格拉斯的女人相好，那女的是个裁缝的助手；但没人理会这条信息。

"我只是觉得这事你会有兴趣。"拉里塞先生说。

他们的两辆车都停在路上，一辆是锈迹斑斑的福特跑天下，一辆是马尔雷维的那辆货车，驾驶座边上的窗户都摇了下来。马尔雷维递上一支烟。拉里塞先生接了过来。当说到他只是觉得这事兴许会让人有兴趣的时候，拉里塞先生已经把手放在了排挡上，就像是要开走的意思。

"多少数目？"烟被点上后，马尔雷维问道，有人鸣起了喇叭，因为这两辆车把路给堵住了。谁也没在意：都是街坊，都是本地人，这路就是他们的，又不是别人的。

那笔钱的大致数目透露了之后，马尔雷维当然很清楚不能把同意与否挂在脸上。这事得琢磨琢磨，他说，要是再给他点补偿金，那么得空了，他就会好好想想那些事。

埃莉的母亲知道是怎么回事，清楚可能发生的一切：她哥哥将从这件事中受益。这笔钱将由她来出：用的是攒下来的抚恤金，也就是一九七八年那起事故的赔偿金。她哥哥一心想与土豆贩子达成协议图的是私心；他提到马尔雷维的那一刻，其实早就打好了小九九。从一开始她就明白了，只觉得羞耻和愚蠢，外甥女怀孕了，做舅舅的却依然能把情势琢磨个透：这就是他的风格。很久以来她一直都清楚，她哥哥梦想着有朝一日埃莉能嫁给一个合适的小伙子，小伙子能上农场来倒插门，能干活，分担田间的农活：这便是收留一个妹妹和一个外甥女最终要得到的回报。但出了这档子事，看来眼下是不会有什么小伙子了。倒是有个马尔雷维，她哥哥想好了，马尔雷维也可以减轻负担。一个中年土豆贩子当然不是理想的对象，但聊胜于无。埃莉的母亲，长得跟她哥哥很像，脸庞瘦削，和他一样憔悴，她经常回忆起童年时代两个人同住在这所房子里的情形。比起街坊邻居，他们一家人更以虔诚信教出名，从来不错过弥撒，星期天举家坐着马车出去，后来坐汽车，被汉隆神父和他的继任者赞颂着他们崇奉的信仰。拉里塞一家受人尊敬，是出了名的勤劳苦干、藐视权贵的人家，从来不自视高人一等。她和她哥哥耳濡目染，在成长的岁月里从来不曾反抗过这些被额外规定的东西。歉收的季节振作精神，即便收成很好，也要在岩石遍布的地里耕种不辍，努力奋斗，从不气馁。对逆境有所预料，这家注定就是这种命运。

男人出事后，埃莉的母亲必定会回到已属于她哥哥的这个家里，这个也预料到了。当时她四十一，她哥哥四十四，之前，他们的父母在半年内相继去世，她哥哥已独居了两年。他没有邀请她回来，他认为，在这种情况下，对她们而言，似乎这是最自然而然的结果，她知道她哥哥一直惦记着要她感恩。还是小孩子的时候，在对待他们共有的玩具这件事上他就是那副德性了，坚持说有些玩具归他，而不是归她。

"我见着马尔雷维了。"在路上遇见的那天，他说，那副面无笑容的严肃劲儿已经在宣布一个成功的结果。

马尔雷维的破车快不行了，贷款却还没付清：不出半年，他就会发现自己的买卖做不下去了。那件事摆在他面前时，他脑子里便想到了这一点，之后，这念头还一直逗留在那里。他在麦克休兄弟公司看中一辆货车，里程计上显示的是三万一千公里，价钱好商量，可以从现有价格还个几倍下来。他号称的对那个从巴利纳来的裁缝有意思这档事，他还没有完全编好：他最近在那里见过那女的，是个斜白眼，来莫伊尔格拉斯帮助图米先生剪剪缝缝。马尔雷维琢磨过她有没有钱，是不是跟他听来的那样，图米先生的店她也入了股。不管怎样，他还从来没跟她说过话、打过招呼呢，但同拉里塞先生谈过之后，他做了进一步的了解，仅仅发现，从目前的传闻看，那女的受雇于图米先生，薪水很低。于是，马尔雷维便细细盘算起同拉里塞家结亲的利弊。

"家里有你们住的地方，"这是他听到的，"兴许比你带着她在外头过要好。那个大谷仓里有的是地方放土豆。"

一天一天的，倒也能省下不少开销，马尔雷维仔细想过，听到这些话，他喷着烟，闭上了眼睛。他未做评论，等着更大的诱惑，这便来了。拉里塞先生说：

"还有，总会有那么一天，我要不了这么多地了。再有，总会有那么一天，对于我而言，一切都会了结。"

拉里塞先生在身上画了个十字。他没再说下去，就让那些关于田地的话和对自己的诅咒悬在寂静中。很快，他猛地扭过头，做了个告别的手势，开车走了。

他愿意娶那个姑娘，打听到那裁缝的情况后，马尔雷维便这么想了；他可以腾出他的家产，待价而沽，不慌不忙，管它呢，反正到时他会住到拉里塞家的农舍里，有的是仓储设施，还有一辆不错的货车。要是他能帮着下地，就意味着有朝一日他可以继承下来。这事不妨立字为据；可以请莫伊尔格拉斯的布莱尼起草一下。

路上交谈过了八天，两个男人握了握手，就像土豆买卖成交一样。又过了三个星期，婚礼举行了。

在埃莉母亲私底下看来——这想法无论是她女儿还是她哥哥都不知道——马尔雷维在农舍里的出现是对那场已经发生的无耻罪孽的报应。当那起使她变成寡妇的事故发生的时候，当她低头看着躺在那里的那具破碎的尸体，心知他已断了气的时候，她并不觉得这里头有报应，针对她或是针对她所嫁的这个男人的报应。他活着的

150

时候几乎不干坏事；事实上，还经常想着做好事。而她自己，也从未有过违逆之举，除了极少的几件事。但是，鉴于她女儿同土豆贩子这门亲事的因由，受到这种不中听的斥责也是活该，而且眼下还得忍着。

马尔雷维得到一间卧室，屋子里摆了一张床，还有个小柜子。他没有得到，也没有提出他的夫妻同居权。他不在乎；这些事他不感兴趣；也没人提到这茬；这事没有安排过。他每天倒是要到那块今后会继承下来的田地上巡视一番。起先，趁没人注意的时候，他愉快地在田边走着，后来，就是识别那些要喷除草剂的野草，查看排水渠。他想象着自己到时候不用再作为中间人颠来跑去，廉价购进土豆，再转手卖出盈利，他用嫁妆买的那辆货车也不再需要了。这几英亩薄地上长出的那么多土豆，他用不着买进，就可以把它们卖掉了。既然有钱可挣，马尔雷维也不害怕干活。

马尔雷维听到第一记哭声之后，过了一会儿，产婆对着农舍的楼梯叫唤人。拉里塞先生倒了点威士忌，那酒放在壁橱里，以备家里人害牙疼时用。他妹妹在楼上，坐在床边。产婆说生的是个女孩。

一年前，是拉里塞先生，而不是他妹妹，先得知那个夏季神父，也就是孩子父亲的情况的。他焚烧庄稼地里的残株回来，路上看见外甥女正同那个男人在一起，从两人走路的样子他已看出，他们之间颇为亲密。因此，当外甥女的肚子再也藏不住的时候，虽然他表现出愤怒，却并不怎么吃惊。

马尔雷维紧紧抓着他的威士忌酒杯，嘴角抿出一丝笑意，他不曾想到孩子出生的时候，他会感觉到这是幸福的一刻；他也没料到拉里塞先生会一扫阴郁，拿出酒来。这事迟早要来，他想过，可能会在他下地的时候发生。当他走进厨房，他们会告诉他。不过，眼下厨房里，差不多洋溢着一种欢庆的气氛，人们对按照承诺做出的安排心满意足。

就在两个男人座位的楼上，埃莉的母亲照着产婆的指导处理着胞衣。她瞧着这个从母亲怀里抱出来的婴儿，眼下，她被放在床旁的摇篮里，睡着了。她还瞧着经历了一场苦痛挣扎之后闭上了眼睛的女儿。

孩子接受了洗礼，被命名为玛丽·约瑟芬——名字是埃莉母亲选的，埃莉没有反对。马尔雷维有他的职责，他在洗礼盆旁用他的手臂把婴儿摇晃了一阵，那身衣服还是为这个场合特地买的。毫无疑问他就是那个父亲，假定是怀孕在前，结婚在后，就跟有些人一样。对于这门婚事有人觉得意外，但不太多。

埃莉认命了。她还有点怀念过去，怀念她的夏日之恋，期望将来只要像她所知道的当下就好。爱着她的、至今她也还爱着的那个夏日神父，不会再奇迹般地回来了。他甚至不知道她给他生了孩子。"不能的。"他们躺在那片如今已种上土豆的草地上，他曾说过。"从来也不能，埃莉。"她知道这是不行的：神父就是神父。他这一生，永远也不再会有另一个像她这样的爱人，他发誓，就像是补偿。"我也不会有。"她急切地发同样的誓，虽然他并没有要她那样，相反，他说不，她必须过回她正常的生活。"不，我也不会有，"她又说了一遍，"我也是这么想的。"得知孩子要出生了，她觉得这就像一个礼物，一种满足，差不多是对他们夏日那场罪孽的宽恕。

年复一年，日复一日，孩子学会了走路，学会了说话，也生过病，逐渐有了自己的喜好，性格中有些东西悄悄消失了，有些却还顽固地保留了下来。埃莉看着母亲和舅舅一天天老去，而反过来这个孩子的存在，又让他们回想起自己当年在这间农舍里那段别别扭扭的兄妹关系，那时的他们就跟眼下这孩子一样大。既不喜欢怀旧，也注意不到别人变化的马尔雷维，增加了他的土豆产量。跟拉里塞先生一样，他希望这个生下来的孩子是男孩就好了，因为往后，到底还是男孩更有用，不过他倒是从来没有抱怨过这个问题。拉里塞先生不怎么干活了，冬天的时候经常是坐在厨房里，就着埃昔牌炉灶取暖来打发时间。对于埃莉的母亲而言，岁月的流逝并没有改变她的信念，那便是这个买来的丈夫，说到底还是她女儿的报应。

这一切便是农场还有这个农家的全貌。一张由妥协、接受和随遇而安结成的网维系着这个家。只有那孩子一无所知，不知有个男人被买来做她的父亲，不知她的舅公得益于这种情势，也不知她的外婆已听命于一种报应，更不知她母亲依旧信守着一段夏日的不伦之爱。在十岁孩子的世界里，还有好多事要做呢，读书要比去年读得更快，要知道郝尔果三岛①在哪里，还要在心中背诵《长庚星的沉没》②。

但毫无预兆的，这一家子怎的就变得躁动起来。埃莉只觉得心里有些焦躁，说不上来由，她料想会过去的。不想这感觉并没有消失，反倒变得愈发让人难受了：她孩子头十年中那些叫人欢喜的东西如今都奇怪地变了样。为了寻求解释，她思索着发生的一切。她曾经认为不应该带着她那没爹的孩子走在路上，应下这门亲事也没错：回过头去看，无论如何她也看不出她有理由不那么做。有个秘密还保守着；没有遗憾。朝她袭来的是一种迥异于遗憾的情感。她女儿带着孩童的天真回头冲她微笑，她还记得那些相同的特征，不甚确切，也不甚清晰，这些特征新近在农舍里出现了，她想知道，再过十年，它们会变成什么样。眼下不得而知，而她女儿也永远不会知道。她女儿永远不会知道伴随她出生的是金钱交易。她永远不会知道，也无从知道，她亲生父亲的职责是宽恕他人的罪孽，在庄严的赎罪仪式中分发圣餐。

"搬得动吗？"埃莉的丈夫问道，她正把一只只麻袋搬上磅秤，半当中停了一下，像是要喘口气。

"不要紧。"

"留神，别累着。"

平常他总是很和善。她挺壮实，但这不是女人家干的活，尽管

---

① 德国海岛名。
② 美国十九世纪诗人朗费罗的叙事诗。

这话从来没有说出口，可他知道。结婚这么些年来，他们从来没有吵过架，连争执也没有，也谈不上怎么亲密，他们的这种关系，恰是映照了与他们同一屋檐下的那对兄妹的关系。

"卖相不错，克尔斯的，"他说的是他们正在搬的这些土豆，"今年收成不错。"

"非常好。"

在孩子出生之前还有出生后的每一天，她都爱着孩子的父亲，她已经证明，她的忏悔，还有那神圣的洗礼，都是无效的。那些黑色而邪恶的秘密，就在他们女儿那无邪的微笑中，起初这并没有什么，因为孩子是不会懂的。

"我这就歇手，"埃莉一边在簿子上记录着待封口的麻袋数量一边说道，"我去喝杯茶。"

她母亲病恹恹的，关在自己屋里。她母亲也不怎么做饭了。

"那就去吧，埃莉。"他说。他每天依然要抽四十根烟，这是他一辈子的嗜好，他攒下的钱有一部分就是这么花掉的。自从买了洗礼时穿的那身衣服，除了几件衬衫，他再也没有购置过其他衣服，他还怀疑埃莉给她自己或是孩子买衣服有什么必要。他是出了名的小气鬼；生意场上，这个毛病可是让他捞到了不少实惠。

"哦，我起来了，"她母亲在厨房里说，桌子已经摆好了，饭菜也在准备着，"我不能老躺着。"

"你好些了吗?"

"我想说我在好转。"

拉里塞先生正在水池边胡乱地抹着肥皂，洗着手上残留的化

155

肥。院子里传来孩子的叫声，她刚回来，正同当作她父亲的那个男人说话，她每天傍晚的任务就是保证小公牛有草吃。

那曾经所有的爱，如今依然存在的爱——那份本可以滋润着埃莉的孩子、本可以给予她温暖的爱——在这个孩子身上都被剥夺了。埃莉还记得给予了她孩子这份礼物的那个情人，他温柔、苍白的双手，他的低语声，还有在她唇上缠绵不去的他的双唇。如今她经常想起他，想象着他穿长袍和白罩衣，那绣着的十字架，在他祝福的手势中一遍遍地凸显着他的感召。他的眼睛依旧带着些暗蓝，他的五官依旧是那样柔美。为什么孩子也不能想象一下他的样子？为什么一定要编织谎言？

"你跟他们说了吗？"听了她的打算，她丈夫问。

"没有，只对你说了。"

"我不想叫那个丫头知道。"

他在土豆棚里转过身，将一只麻袋搬上货车。她心里不舒服，她说，事情这个样子，让她越来越不好受。那种感觉不是没来由的。那是一种经常在她做弥撒和晚上祷告的时候出现的感觉。

马尔雷维没有回答。他从来都不知道那个父亲的身份。那家伙跑了，他听拉里塞先生说过，因为牵扯到一位神父，拉里塞先生觉得越发羞耻。"马尔雷维没必要知道。"埃莉的母亲教导她，埃莉也就听从了。

"不可能答应的，"马尔雷维接着说，并没有停下他的搬运活，"不会答应让那丫头知道的。"

之后，她说起了那个神父；她丈夫一声不吭。他搬完那些装着土豆的麻袋，点了一根烟。这是件令人震惊的事，他到底还是回过神来，拖着沉重的步子走出了谷仓。

"你疯啦，女儿？"她母亲正在厨房里切卷心菜，从滴水板旁转过身来，猛地骂了她一句。拉里塞先生也在场，叫她别犯傻。把那种事情告诉一个孩子到底有什么好处？

"讲点道理，看在上帝的分上。"他气呼呼地说道，暴怒掩盖了他的慌乱，让他的声音也变哑了。

"你造的孽够多的了，埃莉，"她母亲说着，瘦削的脸庞变得苍白，"你已经让我们受够了。"

一小时后，当马尔雷维走进厨房，他猜测着他们都说了些什么，不过他自己没有讲一句。他坐下来，等着饭菜放在他面前。自从他接受了那种安排以后，家里还是第一次提到同那事有关的话题。

"到此为止，"埃莉的母亲发话了，这话对马尔雷维和埃莉都有好处，"我们不会再听到这个了。"

埃莉没有作答。那天晚上，她就告诉了她的孩子。

现在人们知道了，议论起这件事来。十年前发生的事情成了一个叫人兴奋的话题，人们聊起来没有不来劲的。记忆回到了过去，人们搜肠刮肚地回想着那个来了又走的夏日神父的名字和模样。接替老神父汉隆的穆尼神父，私下里跟埃莉交谈，对她"如此轻率"的揭露深表遗憾。

蒙神恩典，他指出，十年前就找到了一个令人不快却是现成的解决之道，将那不体面之事扫除了。对此应心怀感激才是，而不是出现眼下这般情形。埃莉解释说，只要看到孩子，她就会生出一种强烈的内疚，因为这是一场莫大的欺骗。"她的生命不过是一个谎言。"埃莉说，可是穆尼神父厉声回答道，她不该这么说。

"你曾经不管不顾地逃避了，"他斥责道，"而现在你又重蹈覆辙。"他瞪着她，流露出的表情在说，他认为她是堂区里一个不正常的人。他要求她反复念诵万福马利亚，还要怀着谦恭和更多的祈望做出忏悔。

但埃莉感觉如释重负，她告诉孩子，就算如今事事不顺，一时之困总有消失的那一天。

马尔雷维遭殃了。他小小的自尊心受到了伤害；他犯不着去打听别人都是怎么说的。他在地里干他的活，播种，收获，施肥，直到攒下一沓支票，折好，等着上莫伊尔格拉斯存起来。家里弥漫着的那股郁闷气息影响了他，他琢磨着人们知不知道，除此之外，他还独自住着一间卧室，而且一直就是如此，他还从来没有好好抱过他那个倔强的年轻老婆呢。这些年他发福了不少，自从她将那事抖落出来之后，沮丧之余他开始暴食，身体愈发肥胖不堪。

他喜欢那孩子；他一如既往。得知孩子的生父是一位夏季神父之后，他对她的喜欢并没有减少，因那慈爱已根植于他的心。而孩子，也没有改变对他的态度，依然是一放学就跑出去找他，跟他讲那天修女们又如何如何了，哪个脾气臭，哪个和蔼可亲。他会停下

158

手中的活洗耳恭听，会进出个一两句。他仍然讲他过去四处奔波兜生意的小故事：他差不多还没成年的时候就开始做土豆买卖了，第一次给父亲打下手时才十五岁。

但是在家里，马尔雷维变得寡言了。他郁郁寡欢，他怪罪的倒不是他娶的这个妻子，而是她的两位长辈。他们欺骗了他。既然这些事他们知道的比他多，就更应该比现在有所预见了。孩子跟他的姓。人们管他妻子叫"马尔雷维太太"。他就是个笑柄。

"我不记得那个人。"差不多一年过去了，九月的一个早晨他这么说了一句。他穿过犁沟来到她跟前，她正从他翻过的泥土里捡拾土豆，犁由拖拉机拖着。"我想我从来没有见过他。"

埃莉抬起头，望着粗糙、肥硕的脖颈之上那张黝黑、多肉的脸庞，她知道他指的是谁。她同样知道，他是鼓足了勇气从拖拉机上下来，走到这里，别别扭扭地站在她面前的。她马上说道：

"他只在这里待了一个夏天。"

"这倒是有可能。我过去一直都是跑来跑去的。"

她说出那个神父的名字，他听了点点头，接着又摇了摇。他从没听说过那个名字，他说。

太阳火辣辣地照在她的肩膀上。她兴许还越过这犁过的泥土，指了指他们边上的那片地。就在那里，坡地下面，就是在那里有了那孩子的。她想这么说，可她没说。她说：

"我不得不告诉她。"

他转身要离去，随即又改了主意，转而又看看她。

“是啊。”他说。

她看着他慢吞吞地回到拖拉机那儿。他走起路来总是慢吞吞的，他的步子显然没花力气，双臂松松垮垮地荡在两侧。她给他补衣服，给他洗衣服。她帮他下地，给他铺床。认识他这么些年来，她从来没有琢磨过他。

拖拉机发动起来。他回过头，瞧见犁的位置刚刚好。他又点了根烟，接着，向下一段短短的路途出发。

失去的阵地

　　一九八九年九月十四日是个星期四，那天下午，米尔顿·利森在山上他父亲的果园里被一个女人叫住了。他很惊讶。要是这个女人在偷苹果，当她听到他踢着球过来的时候，满可以远远地在山坡那边轻易地躲避起来的。然而，她却径直迎上前来。这个女人的脸很瘦，那一头直直的黑发对于她苍老的容颜来讲，未免年轻了点。米尔顿以前从未见过她。

　　事后，他还记得她的外套，看上去不怎么干净，深蓝近乎黑色。她的头颈那儿，围了条围巾之类的东西。她什么东西也没拿。要是她在偷苹果，她兴许把用来装赃物的什么玩意儿留在了山上果园里那唯一一株黑莓后头，离她站的地方不过几码。

　　那女人走近米尔顿，眯起眼咧开嘴冲他笑着。他问她想干什么，又问她在果园里做什么，但她一概不答。虽然她一脸的慈祥，一时间他却以为她是个疯子，想打他。她的嘴咧得更大了，她抬起胳膊，像是请他上前要拥他入怀。米尔顿站着没动，那女人便又靠近了。她的手很瘦，指头纤细得就跟小树枝似的。她吻了他一下，然后就转身离去了。

事后，米尔顿还记得深色外套底下那两条细细的腿，她窄窄的肩，还有那头极其不协调的浓密黑发。吻他的时候，她的唇没有他母亲的那么湿润。它们就像骨头一样干枯，吻得那样轻，以至于几乎感觉不到。

"怎么样啊？"晚上，利森先生在农舍的厨房里问道。

米尔顿摇了摇头。山上的果园里，最先熟的是橘苹。没人料到它会长得这么快，但经过了一个炎热的夏天，你有时会错过收获第一批作物。因为撞见了那个陌生人，在扭动枝上的苹果时，他忘了那苹果是不是好摘。好在他注意到掉下来的不多，猜想自己可以挺有把握地宣布，最好让它们在枝上再待一会儿。因为害羞，他不愿告诉父亲果园里有个女人；要是她没有靠近他，没有吻他的唇，那情况就不同了。

米尔顿还不到十六岁。他长得敦敦实实，跟他的父亲和兄弟一个样，他的哥哥比他大许多，弟弟还是个孩子呢。家里人好看的相貌遗传给了两个女孩，这让利森太太私底下颇为庆幸，否则的话，她相信俩闺女没一个会嫁得好。

"从小路上看过去果实累累啊。"利森先生切下一片面包，一边往上面抹着黄油一边说道。利森先生小眼方脸，给人一种果敢坚定的印象。稀稀拉拉的灰发多多少少遮盖了他棕褐色的头顶，耳朵边上和后颈处的头发倒很茂盛，剃得短短的。

"没错，果实累累。"米尔顿说。

利森家的厨房天花板很低，石板地，淡蓝色的墙。这是间布局凌乱的长方形屋子，因为两只嵌在凹陷处的壁柜的门被卸了下来，因此给人一种地方被腾大了的错觉，那里放着一只同样斑斑驳驳、破烂不堪的埃昔炉灶，墙对面的窗户底下是水槽、泄水盘和另外几个碗柜。一张橡木餐桌占据了屋子的中央，与整个屋子倒也搭调。埃昔炉灶右边的拐角架子上放着台电视机。通往院子的门边上是一把木头靠椅，上面放着坐垫，屋里还有一把高背椅，坐在上面看电视的时候，正好能享受到暖烘烘的炉火。五把未上过漆的椅子围桌而摆，此刻，利森一家就坐在其中四把上。

自一八〇九年，祖上一位利森因娶妻而来到对方这户没有男性继承人的人家，这家的好几代人就一直用着这个厨房。这所房子四四方方，石板结构，带个小门厅，稍稍增添了一点情趣。房子在一九三一年重建过，当时发现墙体有点问题。想着地方上一家有名的建筑商完全能够胜任改建工作，于是连设计师也没请。屋前有个烂糟糟的花园，花园和房子间隔着一条基本上也就是利森家独用的小路，快六十年过去了，这所房子依旧是白色的石板外表，也不见有藤蔓卷须缓和一下它的简朴。屋后，围着一个水泥院子的，是一幢幢红色瓦楞屋顶、煤渣外墙的农房。小路的一边是农田，另一边就是果园。方圆四分之三英里都是利森家的领地，而这里不过是阿马郡的一小块地方。院子收拾得很好，田地打理得也不错，显示出利森一家，这个新教徒家庭的勤恳。

"还有不少呢，米尔顿。"

母亲把色拉递给他，又给他切了片冷熏肉。她把他们中午吃剩下的土豆大葱糊油煎了：土豆拌黄油加大葱，外裹一层松脆的棕色饼皮。她给米尔顿舀了一勺子放在熏肉边上，把盘子端回给他。

"谢谢。"米尔顿说，饭桌上这家人总是很有礼貌。他看着母亲给弟弟切下一片熏肉，他和斯图尔特是家里最后两个还没独立生活的人。米尔顿的姐姐阿迪一年前嫁给了赫伯特·卡琴牧师；另一个姐姐住在莱斯特，也结婚了。他的哥哥加菲尔德在贝尔法斯特给一个屠夫当学徒。

"吃完吧。"利森太太把中午吃剩下的土豆大葱糊舀起来，盛到丈夫的盘子里。她是个娇小、秀气的女人，蓝色的双眸灵动敏锐，自来卷的头发上还残留着年轻时代的红棕色。当年，她也有一副两个女儿那样的好相貌，如今风韵犹存。

在母亲给其他几位家人盛菜的当儿，米尔顿停了会儿——这也是这个家的传统——才又吃起来。他爱吃油煎土豆大葱糊。可以在炉子上或是煎锅里加热，不过这可不一样。他喜欢吃松脆的东西——条状的油炸苏打薄饼，牛奶布丁那层加香料的表皮，还有油煎土豆大葱糊。这些母亲一直都记得。米尔顿有时会觉得自己的事没母亲不知道的，他也不介意：母亲这样操心，反倒叫他喜欢她。他喜欢她冬日的夜晚坐在埃昔炉灶旁，喜欢她夏天里坐在敞开的后门旁缝缝补补。她从不读报，只是偶尔瞥一眼电视。他父亲不仅读起报来是从头看到尾，就连电视新闻也不错过。米尔顿小时候一直害怕父亲，尽管从那时起他就意识到只要跟着他，就迷不了路，这是他跟着父亲一块儿在地里和果园里干活的体会。"他人实在，"米尔顿小时候，利森太太就一直对他说，"永远记得这点。"

加菲尔德去了贝尔法斯特之后，米尔顿就成了家里的希望。三年前被父亲问起的时候，加菲尔德流露出的意思是，要是农场和果园传到他手里，他就会卖掉。加菲尔德向往都市生活，随着年龄的增长，他的志向就是在贝尔法斯特找到立足之地，并留在那里。斯图尔特是个白痴。

"我们要抽一天时间把山上的果园打理一下，"父亲说，"我会跟格拉蒂一起把那些箱子修一修。"

那夜，米尔顿梦见是埃斯米·邓希来到了山上的果园。她慢慢脱掉她的深色外套，接着是一件绿色的衣裳。她站在苹果树底下，俭朴的内衣展露出她白似面粉的皮肤。有回他的两个姐姐和埃斯米·邓希一起去果园底下那条溪流里洗澡，他和比利·卡鲁一路跟着。在梦里，埃斯米·邓希转身走掉了，令米尔顿失望的是，她又穿好了衣服。

第二天一早，那个梦倒是很快就消失得无影无踪，但与那个陌生人不期而遇的场景却依旧令米尔顿无法忘却，仿佛历历在目。那女人外貌的每个特征都紧紧地黏附在他意识里的某个地方萦绕不去——黑发，张开着的纤细手指，她的外套还有围巾。

那天黄昏，在厨房的饭桌上，父亲叫他把山上果园里黑莓的残枝修剪一下。他意思是明天一早再弄，米尔顿却立刻就去了。他站在暮色中的果树底下，心知自己并不是因为听从父亲的吩咐才来到这里，而是因为他知道那个女人会来。她从通往小路的那扇门那儿走进果园，冲着他站立的地方叫唤。他听得很清楚，尽管她的声音不比呢喃响多少。

"我叫圣罗莎。"女人说道。

她下坡朝他走来，他看见她穿的还是那件衣服。她靠近他，把唇贴在他的唇上。

"这是神圣的。"她低声说道。

她走了，在离开果园之前，她在通往小路的大门那儿停了会儿，转身又看了他一眼。

"别害怕，"她说，"当那一刻来临的时候。可怕的东西太多了。"

米尔顿分明感到，那女人不是活的。

米尔顿的姐姐黑兹尔每年十二月都会写信来，将一年的消息写在纸上，夹在圣诞卡里。她在莱斯特生了两个孩子，外祖父母却还从未见过。婚后，黑兹尔从来没有回过阿马郡。

> 第一天，我们开车去阿维尼翁，虽然这意味着半夜就要爬起来。孩子们也很好，我想他们是兴奋过头了。

到了十二月的第三个星期天，那信被搁在那间一直被家里人唤作后房间的屋子的壁炉架上，那间屋子只是在冬日的星期天才派用处，到了那时，一年中余下的沉闷日子就被笼罩在烧煤的炉子冒出的烟雾中。米尔顿的姐姐阿迪和赫伯特·卡琴在十二月的第三个星期天来了，加菲尔德是这周末回来的。斯图尔特坐在他自己的星期

166

日椅上，自对自做着怪相。冬日里的星期天，四点的下午茶有三明治、苹果馅饼和蛋糕，不吃正餐也行。

"他们去法国旅行了。"利森先生淡淡地说，语气里却流露出对大女儿每年这个假日安排的失望之情。

"法国？"尖下巴、鹰钩鼻，脑袋好奇地一晃一晃的赫伯特·卡琴牧师，很有责任心地重复了一遍这个词，那口气仿佛他遭了什么奇耻大辱似的。正是他主持了黑兹尔的婚礼，仪式三天前私底下给新娘和新郎布道的也是他，说任何时候他们都可以寻求他的帮助的也是他。

"你自己看吧。"利森先生棕褐色的脑袋朝壁炉架歪了歪。"黑兹尔的信你看了吗，阿迪？"

阿迪说看了，但没说自己有多羡慕去阿维尼翁旅行。有一年，她和赫伯特带着孩子们在波特鲁士待过一星期，住在一家家庭旅馆里，那家店对神职人员优惠。

"法国，"她丈夫又重复了一遍，"你会向往那地方的。"

"啊，会的。"她父亲表示赞同。

谁说话，米尔顿的眼睛就朝谁的脸看去。如今，阿迪漂亮的脸蛋上也有了些憔悴，就连皮肤也有些老化了，尽管她才二十七岁。他父亲则一脸漠然，声音里听不出怨恨的意思。赫伯特·卡琴淡棕色的眼睛里闪过一丝想法，还悄悄地点了一下头：米尔顿猜想，他是在告诉自己有责任就这件事给黑兹尔写封信。牧师过去就曾给黑兹尔写过信：米尔顿在这间厨房里听阿迪说起过。

"我想黑兹尔在信里解释了。"利森太太插了一句。"接下来几

167

年，他们会回来一次的。"她又说道，尽管她比谁都清楚，他们是不会回来的。黑兹尔已经同这里脱离了关系。

"没错，他们准会。"加菲尔德说。

加菲尔德醉了。米尔顿瞅着他冒冒失失地发表这样的评论，他嘴角耷拉着傻笑。他手里的啤酒罐三角形开口那儿冒着泡泡。他已经喝了一下午喜力啤酒了。利森先生一年只喝一次，在七月的庆典仪式上喝；赫伯特·卡琴则滴酒不沾。但谁都看不惯加菲尔德周末回来就喝酒，可加菲尔德就是这德性，要是你流露出不满，他就会溜之大吉。

看见米尔顿在看他，加菲尔德眨了眨眼睛。黑兹尔不回来倒不是完全因为他，但是他也有份。因为在贝尔法斯特，加菲尔德可不单单是个屠夫的学徒。他在那个新教徒准军事组织里还有一个职务，用他的话来说，是一个属于某个旨在报复另一派别暴行的组织的"强硬派志愿者"。那些以牙还牙的谋杀行径也是由这种强硬的心态引发的，一方面是无休止地颂扬往昔的荣耀，另一方面是对昔时的权利念念不忘：黑兹尔逃离的正是这些。"就会吹牛。"想着加菲尔德从来都是夸夸其谈，对于他的情况汇报，利森太太听都不要听。利森先生没有发表评论。

"嗨！"斯图尔特突然在后房间里大叫起来，他经常这样。"嗨！嗨！"他嚷嚷着，头歪向一侧肩膀，嘴巴啪啪地张着，眼珠子骨碌碌地直转。

"乖点，斯图尔特，"利森太太厉声喝道，"给我住嘴。"

斯图尔特毫不理会。他艰难的交流结束了，肥嘟嘟的身子开始

168

在椅子上坐不住了。随后，他不再紧张，安静了下来。我们全家给斯图尔特一个拥抱。黑兹尔在信里说。

阿迪拿起丈夫和父亲的杯子，又倒了些茶。利森太太又切了些蛋糕。

"好了，宝贝儿，"她把一片蛋糕分成了几份给斯图尔特，"现在是个好孩子了。"

米尔顿寻思，要是他说起果园里的那个女人，要是他小心翼翼说起九月十四日，还有九月十五日那天，一个自称是圣罗莎的女人在山上果园的树底下遇见了他，他们会说什么。当然，没有必要告诉他们他还梦见过她，做梦又不稀奇，他当然会梦到有关女人或者女孩的梦。"她的头发很奇怪。"他也许会说。

可是内心藏着这件事情的米尔顿仍旧没有告诉别人。那天夜里，当后房间里只剩下了他和加菲尔德，加菲尔德便遮遮掩掩地透露着他在城里的那些个壮举，只要一喝酒，他就会这样，米尔顿便听着。米尔顿瞧着那两片湿漉漉的嘴唇醉醺醺地一张一合，加菲尔德一边说着什么惩罚呀、遭袭的房屋呀、遭拘留受到讯问的年轻人呀、发布的警告呀，一边傻笑着。总有办法收场的，加菲尔德喜欢说了又说，他会说什么天主教徒冒雨回家，还要给他搭便车，他才不领情呢。处理收拾局面，你可以这么说：你可以说他就是干收场这号事的。半夜里响起电话铃声，他一准就知道。跟处理牛肋没什么两样，也是个技术活。加菲尔德总是不等故事讲完就打住，即便他脑子里已经存了好几个故事，他还是留了些东西在自己的想象里。

每年夏天，利森先生都会把那六英亩地贡献给七月的庆典——一个重又兴起的、为纪念一六九〇年威廉国王大胜天主教詹姆斯的效忠仪式。七月十二日那天，人们戴着高帽，系着彩带聚集在一起，鼓声、笛声飘荡在利森家的田地上。到了中午，人们便浩浩荡荡往村庄里进发，利森先生也跻身其中。同他父亲和祖父一样，他有一套专为礼拜天和七月庆典准备的深色哔叽衣服。在去贝尔法斯特之前，加菲尔德也参加过这样的游行，他还是方圆几英里内最棒的笛手呢。米尔顿也参加游行，但不演奏乐器，因为他毫无乐感。

　　七月里，那些自去年庆典之后就再也没有碰过面的人都来到了这片六英亩的田地上。利森先生年迈的威利叔叔、堂兄弟们，还有姻亲都会过来。米尔顿和他的朋友比利·卡鲁站在年轻人的队伍里。男孩子们壮大着队伍，人数非但没有减少，每年还都有新面孔，这让利森先生和他那代人欣慰不已。庆典开始前，由卡琴牧师致辞。

　　当鼓声大作，风笛熟练地吹响亲切的音调，行进者们便精神抖擞地穿过农田的铁门，走上小路，再拐到窄窄的主路上。他们步伐轻快，连利森先生的叔叔威利和那个八十四岁的老奈普也不例外。走到哪里，这些人的脸上都挂着自豪；他们和着音乐的节奏，踏着整齐的步伐，紧握着雨伞，挥动着手臂。鞋子无一不是擦得锃亮，深色套装也无一不是烫得笔挺。这帮邻里乡亲长久以来借助服饰展现、复兴着他们新教徒的忠诚。

　　米尔顿的芝麻呢外套和裤子已经从翻边那儿放长了。只有凑近了细看，才能瞧见两圈质地更为稀薄的料子，不太明显，因为过去翻边放下来的印迹已经退掉了。不过这天早上他母亲说，就那样吧，剩下那点布料再也没法放长了。但她又吃不准米尔顿还会不会长个儿，那样的一套衣服还得穿上好几年呢。她说着的时候，米尔顿觉得很愧疚，自从在山上的果园经历了那一幕之后，十个月来，他时常会涌起这种感觉。当初没有向对他无所不知的母亲透露那个秘密——即便她疑心他不会再长个了——看样子是错了，可他就是做不到。直觉让他深信，那个女人不会回来了。她没必要回来，米尔顿觉得，虽然他不知道这感觉从何而来；把这一切解释给他母亲听，他会觉得别扭的。九月过后的每一个季节都充满了对那个女人的回忆。那个秋天挺暖和，日渐缩短的白昼充满了柔和的阳光，直到十一月雨水降临。无论晴天还是雨天，还有伴随着一月到来的寒冬，他都一直在想她。有一天，还是那么冷，到了傍晚时分依旧滴水成冰，他曾沿着山坡走到山上的果园，回望白茫茫的草地上一长串自己的脚印，一时间竟有些奇怪，怎么她的脚印没在那里，同样的不可思议。当第一批报春花装点起果园那干燥、温暖的坡地，他发现自己在想，今年这些熟悉的花朵异于常年，因为他不再是从前那个自己，看待这些花的眼光也异于寻常了。夏天到了，对于那个女人的回忆也更强烈了。

"他们会开到路边去的。"靠近队首的一个人预言道，两辆汽车开到了行进者的前头。车子恭恭敬敬地靠到了一条道上，给队伍腾出地方，发动机也关闭了，以示对乐声的敬意。车里的妇女和孩子挥手致意；一个小娃娃被举了起来，摆动着小手打着招呼。"这是发自内心的善意。"有人评说道。

这天暖烘烘的。白云一动不动，像是粘在了巨大的蓝色苍穹之上。七月庆典碰上的几乎总是好天，邻里乡亲都没有忽略这个事实，将其视作一个好兆头。但一碰上这种天，米尔顿的后背、腋下和大腿，无一不是大汗淋漓，衬衫不是这里就是那里粘在身上，到头来变得潮烘烘、凉丝丝的。这会儿他走着，太阳正火辣辣地照在他的后颈上。"我在想，咱们会不会看见基桑家的姑娘？"比利·卡鲁在他身旁胡思乱想。

基桑家的姑娘就住在他们刚才经过的一幢房子里。往年，她和她的两个妹妹都会出来看的。她父亲、她叔叔，还有她哥哥乔治都在游行的队伍里。既然米尔顿的两个姐姐都有点岁数了，那么这一带模样最俊的就数她了。她戴眼镜，不过在库丘林酒店里跳舞的时候会摘掉。她经常做头发，花很大的心思修饰她的睫毛；她穿同她的唇膏颜色相配的衣服。阿尔斯特省找不到比这更漂亮的一双腿了，比利·卡鲁说。

"哦，上帝啊！"他嘟哝了一句，当队伍绕过一个弯，她和她的两个妹妹出现了。她没戴眼镜，穿着件粉色底的衣服，上头的花样像是玫瑰。他们走近了些，能看见她那双白色的凉鞋了。"哦，上帝啊！"比利·卡鲁又发出一记感叹，米尔顿猜想他正在剥掉基桑姑娘的衣裳呢，就像他们曾经在教堂里想象着那些女孩光着身子的模样时一样。她的一个妹妹拿着一面英国国旗，挥舞着。

米尔顿不觉得兴奋。去年，他也曾想象过基桑姑娘光着身子的模样，这和在教堂里用眼睛剥去埃斯米·邓希的衣服没有什么两样。基桑姑娘比埃斯米·邓希大，比他和比利·卡鲁也大上个五六岁。她在养鸡场上班。

"你知道她长得像谁吗？"比利·卡鲁说，"英格丽·褒曼。"

"英格丽·褒曼死了。"

比利·卡鲁沉浸在幻想中，顾不上回答。他迷恋英格丽·褒曼。只要电视里放《卡萨布兰卡》，那他说什么也不会出门。为了把她扯进来，死了也不要紧。

"上帝啊，老兄！"比利·卡鲁嘟哝道，从他急促的口气里，米尔顿知道，基桑家的姑娘身上最后一件衣服被剥掉了。

一点差十分的时候，队伍行进到麦克考特五金和农用品商店绿色的瓦楞铁棚子那里。他们经过一个路边水泵，走过村子头四幢农舍。现在，他们进入了天主教徒的领地：四下里没有人，窗户上也不见一张脸。这个村子只有一条宽宽的街道，一头是沃甘家的几个铺子和酒馆，另一头是蒂尔南杂货店和加油站，那里可以买到报纸。紧接着一个门面是奥汉隆酒馆，之后路就变宽了，汽车可以在玫瑰圣母教堂和学校门前转弯。村子里的房屋刷得五颜六色，绿的，粉红的，蓝的。房屋外表朴素，没有超过两层楼的。

队伍一路吹吹打打行经一扇扇茫然的窗户，人们的步伐变得更有精神，手臂甩得更加有力，嘴巴也抿得更紧了。人们走过玫瑰圣母教堂，一下子便停住了。随着队形的打乱，一时半会儿不免有些混乱，这样队伍才好调头。赫伯特·卡琴牧师简短地吟涌了几句，朝近旁的教堂瞥了几眼。接着，队伍又回到了来时的路上，换了支曲子，让那些藏起来的村民听支变奏曲也好。到了麦克考特五金和农用品的瓦楞铁棚子那儿，队伍向左转去，改走另一条路返回利森家的田地。

野餐是对恪尽职守、忠心耿耿的犒劳。人们拿出酒瓶。吃的有三明治、鸡腿、切片牛肉、汉堡包、薯条和番茄。人们结对对着一根树篱撒尿，这树篱也从没有因为这一年一次的酸性液体的浇灌而遭殃——这，据说也是吉兆。外套脱了，礼帽摘了，腰带也暂时被放到了一边。人们交流着新闻，传布着某场葬礼或是婚礼的细节，讨论着牲畜的价格。赫伯特·卡琴牧师穿行在那些随意坐在草地上的人中间，跟那些外堂区的他本不打算打招呼的人打着招呼，问候他们的女眷。到了五点，人们的脖子、面孔都比早先时候来得红了，头发也有些凌乱，斜阳照在一滴滴汗珠上。田野里气氛热烈，有的人醉了，偶尔还意识到上帝的存在。

"你不舒服吗？"比利·卡鲁问米尔顿，"你怎么了？"

米尔顿没有回答。可能是病了，他想。他有些犯恶心，或者说觉得眩晕。今天早上一醒来，她就出现了，但和过去不同，她显得不那么安静。从他醒来开始，她就一直焦躁不安，冲他抱怨个不休。

"我没事。"他说。

较之他母亲或者家里的其他人，他没法告诉比利·卡鲁更多，然而，在整个游行过程中，在那个死气沉沉的村子里，当人们奏着音乐，当人们调头返回，又换了支曲子的时候，他自始至终都觉得自己憋不住要倾诉了。此刻，在野餐上，他感觉这种逼迫感更强烈了。

"你该死的肯定不对劲。"比利·卡鲁说。

米尔顿一边望着他一边想着，等比利·卡鲁到了老奈普这把年纪，肯定还会在这块地上吃吃喝喝。要是他脱下了基桑家姑娘的衬裤，比利·卡鲁连同他的粉刺、牙齿，这辈子一准就知足了。"给。"比利·卡鲁说着，递给他半瓶布什米尔爱尔兰威士忌。

"我想告诉你些事。"米尔顿说，他在树篱那里，也就是人们小便的地方找到了赫伯特·卡琴牧师。

"说吧，米尔顿。"一天下来，牧师这张机敏的面孔透着暖意，又带着愉悦。他理了理裤子。又是值得记忆的一天，他说。

"前阵子，我出门进了果园，"米尔顿说，"那是九月。我正在看苹果的长势，一个女人从上边大门那儿过来了。"

"一个女人？"

"第二天她又来了。她说她叫圣罗莎。"

"你说什么，圣罗莎，米尔顿？"

卡琴牧师停下脚步，不再往人堆里走。他站着没动，脚踩着草地，有点不高兴。随后他抬起头，米尔顿从他朦胧的棕色眼睛里看到的是迷惑还有惊愕。

"你说什么，圣罗莎？"他重复道。

米尔顿告诉他，接着又坦白，那女人在他唇上吻了两次，圣洁的吻，用她的话来说。

"没有什么吻是圣洁的，孩子。好了，听我说，米尔顿。仔细听好了，孩子。"

一个年轻小伙自然有这样那样的念头，卡琴牧师解释道。由于他这个年龄，加之身体上的一些变化，年轻小伙犯糊涂也是正常的事，他提醒米尔顿，说他已经离开学校，快要成人了。长大成人的道路上免不了磕磕绊绊，他解释道，如果没有诱惑，也谈不上成长了。米尔顿总有一天要继承这个农场和果园，既然加菲尔德已放弃了这些继承权。这便是他需要为之准备的东西。米尔顿的母亲是个好人，他父亲乐于助人。要是谁家的篱笆坏了，而主人又下不了床，第一个出来修理的准是他父亲。他母亲养育了四个出色的孩子，第五个叫人苦恼，那是上帝的安排。上帝的恩典可以化苦恼为礼物：可怜的斯图尔特，你兴许会说，但只要看看他你就会意识到，斯图尔特被赋予了生命是多么叫人高兴。

"今天令我们难忘，米尔顿，我们度过了令人兴奋的一天。我们和自己的人站在一起。你该琢磨的是这些。"

牧师友好地用胳膊搂住米尔顿的肩。这个姿势表明，这事他处理得很漂亮。起初他倒是吃了一惊，还好他起而应变。

"她不会把我独自留下的。"米尔顿说。

卡琴牧师刚要迈步向前，又停了下来。他的胳膊从米尔顿的肩膀上滑了下来。他压低了喉咙说：

"她一直在果园里骚扰你，是不是？"

米尔顿解释起来。他说从醒来那一刻起，那个女人这一整天就一直在搅扰他。因为他得找人倾诉，因为她在逼着他这么做。

"别再告诉别人了，米尔顿。一个人也别告诉了。就你知我知，我会保守秘密。连阿迪也别想听到这些话。"

米尔顿点点头。卡琴牧师说：

"别让你母亲和父亲痛苦，孩子，说什么有个女人同神圣啊、圣人有关。"他顿了顿，继而又平静有力地说起来。"你母亲、父亲没法安享晚年了。"他又顿了一下。"没有比你父母更好的人了，米尔顿。"

"圣罗莎是谁？"

卡琴牧师再一次忍住没有回到草地上野餐的人群中去。他又压低了喉咙。

"她管你要钱了吗？她碰了你之后管你要钱了吗？"

"钱？"

"有些女人就是那样的，孩子。"

米尔顿知道他指的是什么。他和比利·卡鲁常议论这种人。你在电视上见过她们，穿得花枝招展地站在城里的大街上。比利·卡鲁说她们常在火车站出没，要是你盯上一个，最好就去火车站。米尔顿的母亲有次在电视上瞟到一眼这些在街头拉客的，称她们是"天主教的娼妇"。比利·卡鲁说，跟她们在一起得留神，搞不好会染上病。米尔顿从未听说过街坊四邻里有这样的女人。

"她不是那种人。"他说。

"你碰上的是个东游西荡的女人，兴许她以为你身上有一两个钱呢。明白我说的话吗，米尔顿？"

"明白。"

"把这个插曲忘了吧，把它从记忆里抹掉。"

"我只是想搞清楚她说的跟神有关的话。"

"她说那种话可不见得是好事。"

米尔顿犹豫了一下。"我以为她不是个活人。"他说。

    利森先生的叔叔威利过去是布道的。他曾在不少镇子布过道，后来上岁数了，讲着讲着便会断了头绪。米尔顿以前就知道他。他和加菲尔德还有两个姐姐在威利叔叔事业鼎盛时期曾被带去听过布道，他右手紧握一本《圣经》，拿它做着手势，引用里头的话。有时候，他会说起那些在罗马发生的事，一些据他所知是真实的事：教皇如何喝得酩酊大醉，夜里要换两次床单，教皇自己的母亲如何跟其他女人一样在教皇候见室进进出出。

    如今镇子上还有人在布道，街角处，或是随便什么会吸引人们扎堆的地方，但比起利森先生的叔叔威利那会儿，现在布道的人可少多了，因为电视的普及让人们到晚上就不出门了，再者，人们比过去也更匆忙了。可是，在七月庆典过后的那些天里，米尔顿对叔祖父那雄辩的口才记忆犹新。他犹记他所用的那些字眼、他的引经据典，还有那副自信的模样。他经常阐述说，净化的一种形式就是呼吁，把邪恶逼得无处藏身，就可以达到驱除的目的。

    卡琴牧师的忠告则更加温和，即便他说来说去就那些话：若你忽视那些已降临的事，其必不会再出现。但是七月庆典之后的这些日子里，米尔顿发现越来越不可能做到这一点。想到叔祖父，他开始确信而不再怀疑自己不应该保持沉默。他内心深处有一种不该有的无法控制的紧迫感。他问母亲老人当初为何会去布道，母亲回答说，因为他不得不去。

马尔霍尔神父不知该说什么。

起初，他记不起圣罗莎是何许人也，就算他曾经知道。其次，这个新教徒男孩企图告诉他的那些话不总是叫人明白。男孩结结巴巴地诉说着，发现自己跑题了，又从头再来一遍，第二遍讲得倒是更慢了，但声音轻得几乎听不见。从头到尾竟没听出个名堂来。

"等一下，我们来查查。"末了，马尔霍尔神父无奈只好这么提议。超初他说他会查查这位圣徒，但男孩似乎不满意这个回答。"坐下。"他把他请进起居室，自己跑去找《巴特勒圣徒传》。

马尔霍尔神父五十九岁，高个，精瘦，头发很早就白了。两条牧羊犬陪着他一同去找那本有关的书。他回来了，两条狗又蜷回他的腿边。屋里很冷，几乎没什么家具，地毯薄得能感觉到底下的木板。

"有维尔纳夫的圣罗斯琳，"马尔霍尔神父边说边翻看书页，"还有圣罗斯·韦内里尼，要么是利马的圣罗斯，要么是圣罗萨利娅，或者是维泰尔博的罗斯。"

"我想就是那个。她说得很清楚，就是罗莎。"

"你别是睡着了？那天很热吗？"

"那不是做梦。"

"那天天色已经晚了吗？会不会是什么影子，你搞错了？"

"第二次是晚上。第一次是下午。"

"你为什么来找我呢？"

"因为您熟悉圣徒的事。"

马尔霍尔神父听着这个男孩说那个自称圣罗莎的女人如何让他不安，随着七月庆典的来临，她的身影在他脑子里如何越来越清晰，以至于庆典当天他知道自己再也无法沉默下去。

"想知道什么呢？"

"她给我的那记神圣之吻。"

答案可能是这孩子神经错乱了。他家里不是还有一个脑子不灵光的孩子吗。

"你不打算向你家的牧师请教吗？你姐夫卡琴先生？"

"他让我假装没有发生过这件事。"

神父无语了。他聆听着男孩告诉他那个圣徒如何对他纠缠不休，她的外貌、她穿的衣服又是如何叫人忘不了。当男孩闭上眼睛，她的样子，要比家里其他成员、比他想得起来的任何人都来得清晰。

"我只想知道她是谁。那地方是在法国吗？"

"维泰尔博在意大利，实际上。"

一条牧羊犬趴在神父的腿边，准备打盹了。另一条已经睡着了。马尔霍尔神父说：

"除此之外，你感觉都好吗？"

"她叫我别害怕。她老在说害怕什么的。"米尔顿停了一下。"我还能感觉到她在说话。"

"我会跟你家牧师谈谈的，孩子。跟你姐夫聊聊。"

"她不是活人，那个女人。"

马尔霍尔对此不予应答。他把米尔顿领到了门口。这次拜访让他觉得受了冒犯，但他没有表现出来。为什么在一个生活在基督徒占多数的街区里的新教徒男孩看来，这人就必定是他教会里的一个圣徒呢，而可供挑选的基督徒又这么多？每到七月十二日就必定要来那么一回游行，方圆几英里的农夫们吹吹打打穿过村庄，穿成那样昂首阔步，就为了显示什么什么的，这还不够吗？同样，就差没宣称自己是圣徒了，这还不够吗？七月十二日这天，他们让整个村子关门大吉，让人们都躲在家里。他们闹哄哄的举动是在提醒，他们的力量可不局限在这片小小的、相邻的区域。要是在路上遇见你，这个男孩的父亲会告诉你庆典的时间，他会靠在门上，同你聊上几句，但只要你一转身，他又会发表自己那套言论。那个去了贝尔法斯特的儿子会向你致意，但过后没准又会哈哈大笑，因为他居然向一名神父致意。盛传加菲尔德·利森加入了一个秘密的新教徒黑帮组织，有活要干时，他的屠宰本领就派上用场。

"我想她可能是外国人，"米尔顿说，"我也不知道自己为什么会那么想。"

马尔霍尔神父瘦削的脸颊涨红了。此刻，他的怒气再也没法掩饰了：他无法让自己开口。他默默地把米尔顿请出了家门。

马尔霍尔神父回到了起居室，打开电视，就着一杯威士忌看起来，两条牧羊犬趴着又睡着了。"嘿，绝了！"一个聊天节目的主持人说着，引导观众为一名将一个女子稳立于指尖的表演者鼓掌。马尔霍尔纳闷这活是怎么干成的，要不是刚才那个新教徒男孩来过，

181

他的心思会更加集中的。

利森先生用一块面包把盘子里剩下的熏肉油渍和零零星星的黑香肠抹了个干净。米尔顿说：

"她从小路走进来的。"

利森先生不及领会，便说那个怪人是冲着苹果来的，虽然不常碰上，但你知道这种人都是什么样子，你又不能把果园给锁起来。

"别担心了，孩子。"

利森太太摇了摇头。不是这么回事，她解释道；米尔顿不是这意思。利森太太的脸变得煞白。米尔顿说的是有个天主圣教徒跟他在果园里说话来着。

"是个幽灵。"她说。

利森先生的小眼睛平静地注视着儿子。斯图尔特把小寸盘放在他才刚吃过油煎东西的盘子上，刀叉搁在上头，大人就是这么教他的。他打了个饱嗝，却奇怪没有遭到训斥。

"我问过马尔霍尔神父谁是圣罗莎。"

利森太太的手掩住了嘴巴。一时间，她真担心自己会叫出来。利森先生说：

"你想怎么样呢，孩子？"

"我得告诉别人。"

斯图尔特想说话，嘴里发出咯咯咕咕的声音，那是在请人把他的两个盘子和刀叉放到水槽里去。这个大人也教过他，他从来都很听话，可今晚却没有人理他。

"你是说你去过神父家了？"利森先生问。

"你没有进他屋吧，米尔顿？"

米尔顿点头的时候，利森太太怀疑地望着他。他说赫伯特·卡琴要他别声张，可到头来他还是没忍住。他说游行那天，他们站在树篱那儿的时候，他把这事告诉了姐夫。后来他又走进了神父家。他坐了下来，等神父到书里去查那个圣徒。

"有人看见你进神父家了吗，米尔顿？"利森太太靠着桌子，眼睛一眨都不眨，瞪大了盯着他。"有人看见你了吗？"

"我不知道。"

利森先生指了个位置叫米尔顿站好，起身，抡起手，对着米尔顿的一边脸就是一巴掌。他又扇了一记。斯图尔特呜咽起来，变得烦躁不安。

"把它们放到水槽里去，斯图尔特。"利森太太说。

盘子哐当哐当地放进了水槽，斯图尔特拧开龙头洗了手。米尔顿的半边脸火烧火燎的，鼻子里流出一滴滴的血来。

赫伯特·卡琴保证自己在岳父的地里听到的那些话不会传给他妻子，这一举动是很讲道理的。可是，当他第二次碰到这个话题的时候，他发现，继续隐瞒下去是毫无意义的。一个星期天下午，他又去了岳父家，趁着利森先生出门去挤奶，阿迪和她母亲两个把装着去年的李子酱的罐子取下来，准备给阿迪带回去，米尔顿跟着他进了院子。驱车四英里返回自己家后，牧师把刚才的对话跟阿迪说了一遍。

"你是说他想去布道？"阿迪惊愕得皱起了眉头，微微摇了摇头，掩饰不住一脸的狐疑。

他点了点头。米尔顿提到了利森先生的叔叔威利。他还说他不需要讲义稿子之类的东西。

"这可不像米尔顿。"阿迪不同意，这回头摇得更坚定了。

"我知道不是。"

接着，他把七月庆典那天她弟弟抖出来的真相告诉了她。他解释说自己先前没有这么做，是因为他以为自己已经让米尔顿开了窍，而这些事最好也不要再提了。

"老天啊！"阿迪叫了起来，她惊得下巴颏差点儿掉下来。她嫁的这个男人可不是那种会信口雌黄的人，或者说，跟这种不正常的人连边也沾不上。赫伯特连俏皮话也不会讲，他的优点在别的地方。即便如此，阿迪还是无法相信，犹疑不绝，越发困惑了。"你真的不是开玩笑吧？"

他点点头，眼睛没有离开马路。两人都还不知道拜访神父这件事，最后以暴力结束的厨房那一幕他们也不知晓。阿迪的父母转而相信，他父亲激烈的反应已经让米尔顿明白了道理，他们也同意赫伯特·卡琴的观点，这种事最好不要声张，都保持沉默。

"米尔顿脑子还正常吧？"阿迪低声说。

"他自然是摸不着北了。他找不回自己了。"

"他从来没有表示过对布道感兴趣。"

"你知道他刚才在院子里跟我说什么来着？"

可阿迪还在想着她弟弟宣称跟他交流过的那个女人。她的思绪停留在那里，停在父亲山上果园里的斜坡上，一个天主教女子站在树丛里。

"达吉恩·麦克戴维，"赫伯特·卡琴接着说道，"他提到了这个人。"

阿迪又呆住了，皱起了眉头。这个叫达吉恩·麦克戴维的人，被人发现在拉夫高尔的公路旁死于枪击。阿迪还记得父亲走进厨房，说他们枪杀了可怜的达吉恩的情景。当时她七岁；加菲尔德四岁，黑兹尔才一岁；米尔顿和斯图尔特都还没出生呢。"他做过一丁点坏事吗？"她记得父亲说，"他何曾与人做过对？"她父亲和麦克戴维是同学；他们还不止一次一起游行过。后来达吉恩·麦克戴维从这里搬走了，当了一名估算员。阿迪记不得自己是否见过他，尽管他死时，从她父母接下来的交谈中明显能听出，他来过家里很多次。"把达吉恩的半个脑壳都打飞了。"她记得父亲的声音沉重而阴郁。"可怜的达吉恩脑浆溅了一地。"她父亲参加了葬礼，对他满怀敬意，因为达吉恩·麦克戴维素来遵纪守法，还在北爱尔兰防卫团兼职，几个星期后，两个来自拉夫高尔的年轻人遭到了攻击，受到了惩罚，尽管他们激烈地辩称他们是无辜的。

"对达吉恩·麦克戴维，米尔顿只是听说而已。"阿迪指出，她丈夫说自己知道。

车子在一栋装有金属窗框的低矮砖房前停下，他说当米尔顿走出来，在院子里说那些话的时候，他还琢磨着要去找利森先生。可米尔顿一直在汽车前晃来晃去，让整件事变得更加棘手。

"那个女人提到达吉恩·麦克戴维了吗？"阿迪问，"有没有？"

"我不知道她有没有提过。实话告诉你吧，阿迪，米尔顿一旦转到这个话题，你就会犯晕。比如，他对我说那女人不是活的。"

回到家，阿迪打了个电话。"我打回给你。"她母亲说，二十分钟后，等米尔顿不在近旁了，母亲打了回来。在接下来的谈话里两人交换了各自掌握的信息：七月庆典那天吐露真相，后来在厨房里还有一小时前在院子里说的那些。

"达吉恩·麦克戴维，"一挂上电话，利森太太便平静地向丈夫报告，"最新情况是米尔顿跟赫伯特说起了达吉恩·麦克戴维。"

一个星期六下午，米尔顿骑车去了他打算布道的第一个镇子。在一个停车场，两个女孩吮着糖聆听了他的布道。他讲的是维泰尔博的圣罗莎。他感觉自己也是一个听众，他的声音来自他身外的某个地方——来自圣罗莎，他解释给两个小姑娘听。他听见自己在说他的姐姐黑兹尔不愿意再回家乡。他听见自己在描述那个静悄悄的村子，还有鼓声、笛声，他父亲在庆典那天穿的衣服。圣罗莎会悼念达吉恩·麦克戴维，他解释道，那个许多年前被谋杀了的拉夫高尔新教徒。圣罗莎会宽恕那些野蛮的战士和他们隐蔽的敌人，他们中不是这方就是那方要对频频出现于电视上的那些被毁车辆、裹尸布下的尸体负责。马尔霍尔神父怒不可遏，米尔顿在停车场里说，你从他的眼神里看得出来：他生气是因为居然有个新教徒男孩坐在他屋里。维泰尔博的圣罗莎给了他神圣的吻，他说：你猜得出，马尔霍尔神父会认为那是不可能的。

第二个星期六，他骑车去了另一个略远一点的镇子。再接下去的一个星期六，他去了第三个镇子布道。他并不把这事想成布道，更多的是在向人们讲述他的经历，这是他必须做的，他解释说，他注意到人们一旦开始聆听，一般就不会走开。买东西的人停下脚步，出来散步的老人靠在橱窗或是公共厕所的墙上，在他的陪伴下打发时间。一个下午，遭到过一两次谩骂。

第四个星期六，利森先生同赫伯特·卡琴坐着利森先生的那辆福特千里马赶来了，他们把米尔顿推进了车。回去的路上，大家一言不发。

"羞耻?"听见母亲用到这个字眼，米尔顿反问道。

"我们所有的人，米尔顿。"

在教堂里，人们都用怀疑的目光注视着他，他发现阿迪不时地总忍不住盯着他。当他冲埃斯米·邓希微笑的时候，她并没有冲他回笑，比利·卡鲁也躲着他。他父亲坚持，无论如何他说什么也不能再拿果园里的那个女人说事布道。但米尔顿辩解说自己必须这么做，这是神的授意。

"不行。"他父亲说。

"到此为止吧，米尔顿。"母亲说。她比他父亲还恨这事，因为有个女人吻了她儿子的唇。

到了下个星期六下午，他们把他锁在他和斯图尔特合住的那间卧室里，到了六点才把他放出来。可星期天一早，他骑着车又走了，家人又一个个镇子满大街找他。从此，家里把他看得更紧了。斯图尔特搬出了那间屋子，接下来的那个周末，米尔顿穿着内衣待在屋里，上厕所时门锁才打开，饭由母亲送来，她把托盘放在五斗橱上的时候一声也不吭。米尔顿盼着星期一早上一切就能恢复正常，对他的惩罚也会到此结束。可事实并非如此。他被放出来跟着父亲去干活，清理沟渠，一整天下来，两人间的距离不曾超出几码。到了晚上，他又被赶回卧室。门又锁上了，此后便一直如此。

到了冬日的星期天，姐姐阿迪和卡琴牧师回来，坐在后房间的时候，他还是待在楼上。他再也不跟着家人去教堂。周末，加菲尔德从贝尔法斯特回来，拒绝往卧室里送饭，尽管米尔顿老听见母亲在叫唤他。如今，加菲尔德已经有好长一段时间不搭理他了，也不再呼朋唤友的。

米尔顿挤奶的时候，他父亲就不跟得这么紧了。他在院子大门上了把挂锁，自己就在某个棚子里忙这忙那的，或者在厨房里留意院子里的动静。曾有两个星期六下午，米尔顿从卧室里的窗子爬出来，骑上车跑了，可回头又被追了回来。接着有一天，当他与父亲从果园里回来的时候，他发现吉米·洛根来过家里，给他卧室的窗子安上了栏杆。他的自行车不再放在泥炭棚子里了；他瞧见车被捆在那辆福特千里马的行李箱上头，推想大概是要拿出去卖掉了。他母亲翻出一张旧的折叠牌桌，吃饭时那高矮要比五斗橱来得合适。米尔顿知道人们都听说他中邪了，但是，从母亲的举动上也能看出来，就算这样，也无法消除他给这个家带来的耻辱。

又一年的七月庆典来临了，米尔顿仍然待在他的卧室里。父亲出门前让他上了趟厕所，叫他等在厕所门外，为的是再试着让他回心转意。父亲什么也没说。他没说今天是七月庆典的日子，但米尔顿看得出来，因为他穿着那身特别的衣服。米尔顿瞧着车子驶出院子，接着听到母亲在厨房里对斯图尔特说话，说着关于坐在太阳底下的什么事。他想象着人们聚集在地里，牧师致词，鼓系在身上，队列也站好了。同往年一样，天气很好，从卧室的窗子望出去，碧空无云。

时间不好打发。米尔顿从来又不是个爱读书的人，一本书从来没有从头读到尾的。有时候，母亲送饭来时，会给他留份周报，他便读读报上登的各个镇子的新闻、乡村各地的消息，其中有些说的就是他们这片地区的事。他听听他的晶体管收音机。他母亲把所有她能找到的拼图收集了来，有些是黑兹尔和加菲尔德小时候家里就有的，还有些简单的，是特地买来给斯图尔特的。她给了他一盒扑克，只缺了张方块三；还给了他一个装着碎羊毛和一个插着图钉的线轴的纸板盒，那曾经是阿迪编织的用具。

到了七月庆典那一天，他依旧不能露面，要么完成温莎城堡或者不列颠战役的拼图，要么就是耐着性子玩着那副方块三画在一个信封背面上的扑克，或是听一整天流行音乐主持人的欢声笑语。他练习起了布道，说的全是在果园里见到的那个女人，而不是面色灰黄的耶稣或是看上去脾气不太好、总在云端皱着眉头、须发皆白的上帝。

他不时看表，估摸着游行队伍走到了哪里。基桑家的姑娘同她的妹妹们挥着手。汽车礼貌地给欢庆的人们让出道。麦克考特五金和农用品商店打烊了，村子里的大街空荡荡的。队伍到了学校和玫瑰圣母教堂停了下来，再调头沿原路返回，只是再度走经麦克考特店的时候有了变化，拐到左边那条路上去了。

利森太太打开门，把托盘端了进来，米尔顿仿佛看见地里的鸡腿、三明治，酒瓶也拿出来了，男人们在树篱前站成一排。"没什么好怀疑的，"他父亲说，"吉布尼医生过去见过这种病例。"疯子，他父亲暗示道，不过没用这个词罢了，但是等他走远了，人群中有人嘀咕，说据他所知，他们没有讨教过吉布尼医生，就这样，这件羞耻的事情从他父亲嘴里传遍了田间地头。

米尔顿把牌桌上的几片丛林场景的拼图弄乱，又慢吞吞地把它们扶起摆好。他再也不知道要是他们打开门放他出去又会发生什么。他不知道自己还会不会徒步走到那些镇子，会不会再度感到那种迫不及待，这一切会不会有个了结，要是他父亲的叔叔开口的话，会不会还他清白。慢慢地，他找到了那片树干上的猩猩图案的拼图。他真想自己此刻是在地里，喝着比利·卡鲁给他的那半瓶酒。他真渴望太阳照在脸上的感觉，渴望长途跋涉之后那双腿酸痛的感觉。

他拼好了丛林左上角的图案，在蹲了只大猩猩的那棵树上加了几只色彩鲜艳的鸟。从院子里飘来他母亲和斯图尔特的声音，他哥哥语无伦次的咆哮声，母亲的安慰声。从他坐的地方看出去，他们走进了他的视野，斯图尔特跌跌撞撞地走着，母亲拽着他的胳膊。他们穿过大门出了院子，在他挤牛奶的时候，那门是上了挂锁的。在天气暖和的下午，他们常走到小溪那儿去。

他又练习起了布道。他述说他的父亲在地里如何抬不起头来，还有村子里那些紧闭的窗户。他说自己曾受到召唤而走到人群里去，在星期六下午遭人围观。他说到了恐惧。首当其冲的，正是恐惧这样东西。恐惧就是持枪歹徒和士兵的武器，恐惧令那个村子鸦雀无声。他姐姐因为恐惧而抛弃了她的家乡。他哥哥干着不必要的杀人勾当又是多么令人恐惧。

过了会儿，米尔顿找到了大象的两条后腿，把那几片拼回了原处。他想知道自己会不会完成这幅拼图，或者说，会不会在牌桌那发了霉的台面呢上把这幅中间部分缺了大半的拼图继续拼好。他也不明白为什么自己非要把达吉恩·麦克戴维的故事讲出来。它一直就在那里；他听过好多遍了；但当他想到果园里的那个女人，当他一次又一次地看见她朝自己走来，当她说到害怕的时候，这个故事似乎别有意味了。

他又找到了一片大象的灰色身躯。远远地，他听到了汽车声。他没在意，就算发动机的震动声变了调，说明那车已经停在院门口了。院门发出令人熟悉的嘎啦嘎啦声，接着，米尔顿走到窗前。一辆黄色的沃克斯豪尔汽车驶进了院子。

他看见车门开了，一名他过去从未见过的男子从驾驶座上走下来。发动机关了。那个人伸了个懒腰。随后，加菲尔德也下了车。

"人死了才能把你叫回来。"她父亲说。

开车从机场回来，黑兹尔一路无语。她今年二十六岁，比阿迪小两岁，和阿迪一样，也是个小个子，黑头发。从结婚那天起，她就开始背井离乡，无视自己与这些被她抛在身后的亲人间的联系。此刻，不是搪塞的时候，也不是假装的时候，然而她分明感觉到这两者她兼而有之。一连串的死亡中又发生了一起；这回同他们所有人都有关。在某些人家里，每起死亡都同某个人有关；好多年前她说过这话，只说过一次，也没有列举理由，因为没人愿意聊这样的话题。

快到格莱内维村时，利森先生放慢了车速，接着停下来让两名老妇过马路。她们扬扬手表示感谢，他也挥了挥手。末了他说道：

"赫伯特一直都很好。"

黑兹尔还是没吭声。"上帝召他是有目的的，"她想象着赫伯特·卡琴安慰她母亲的样子，"上帝有任务找他。"

"阿迪怎么样？"

她姐姐自然是痛不欲生，她被告知。这一打击还在那里，所有的人心头依然在刺痛。

"这是显而易见的。"

他们在高速公路上驶入一条窄窄的车流。利森先生没怎么加速。他说：

"到家之前，我得跟你讲讲米尔顿的事。"

"是极端分子①干的吗？难不成米尔顿多少也卷进去了？"

"别管他们叫极端分子，黑兹尔。别给他们安什么头衔。他们不配有什么头衔。"

"你总得管他们叫个什么。"

"不是那些人。事情变成这个样子是没有理由的。"

_____

① 指爱尔兰共和军极端派成员。

黑兹尔只听说她弟弟被人打死了——他独自在家的时候，被几个闯入者枪杀了——现在她听到的是米尔顿固执地认为自己受到了一个女人超自然的拜访。她听到他如何坚信那女人是一个天主教徒的幽灵，他又是如何跑去向神父讨教，如何开始跑到街角给人布道。

"他说了什么人们不爱听的话？"她问，顾不上这件事令人不可思议的那一面。

"我们不得不看着他。干活的时候我带着他，加菲尔德连招呼都不愿意跟他打了。"

"你们把他关起来了？"

"可怜的米尔顿脑子不正常了，黑兹尔。他会好上一阵，几个星期，甚至更久。接着突然又会开始说起果园里的那个女人。他打算走遍六个郡去布道讲述她。他告诉过我。他打算在他去的每个镇子都停住脚来讲述他的故事。他还把可怜的达吉恩·麦克戴维也扯了进去。"

"你刚才说什么，把他关起来了？"

"有时候我们只好把他锁在他的卧室里。米尔顿不知道自己在干什么，姑娘。我们不得不把他的自行车给处理掉了，但即便如此，他还是会走着去。有好几次，到了星期天，他就一路走过去，我和赫伯特只得一起把他追回来。"

"上帝啊！"

"又不能把这样的破事写到信里。你谁也不能责怪。说没有人写信告诉你这些。你母亲不让。'那你对黑兹尔说了什么？'有回我问她，她说：'什么也没说。'于是我们便不提。"

"米尔顿疯了，居然没人告诉我？"

"可怜的米尔顿是疯了，黑兹尔。"

黑兹尔努力想把纷乱的思绪理清，脑子里想象着一幅幅画面：钥匙在卧室的门上转动；家里清清楚楚地变成了这副模样，两个尚未独立的孩子成了父母的一对负担——斯图尔特的白痴茫然，米尔顿的不知所云。"米尔顿被枪杀了。"接到电话她对丈夫说道，她震惊于米尔顿显然也被卷进去了，就同加菲尔德一样，而且毫无疑问，一定是被加菲尔德拉进去的。从那一刻起，她就一直存着这种猜测。

他们下了高速公路，绕过克雷加文，又开上了一条小路。这里是家乡，黑兹尔发现自己沉浸于这片熟悉的景色，内心深处不再平静，感觉却是那样陌生。然而，尽管清楚自己此行的目的，尽管一路上被告知了这么些令人难过又乱成一团的事情，她还是想尽情享受这一刻，闭上眼睛，让自己相信，回到故土，该是一种怎样的愉悦。很快就要到德拉姆芬了，接着是安德森十字路口。他们还要经过库丘林酒店，在到达村子前要转个弯。接着，一切就会变得更熟悉了，一砖一瓦，一草一木，还有她父亲的果园。

"劝劝你母亲，"他说，"她不停地哭。"

"是谁打死米尔顿的？"

"没有人说过。要紧的是你母亲。"

黑兹尔不再说话，可是，当父亲再度开口的时候，她却打断了他。

"警察怎么说？"

"菲思莫思，是个没有偏见的人。"

汽车驶过基桑家，粉红色的，颇引人注目，小小的房前花园里长满了飞燕草。接下来是马隆家的田地中央那个坍塌了的牛棚，三面石墙还立着，剩下那面倾倒了，破碎的顶棚锈迹斑斑。接着果园出现了，透过涂着柏油的大门，可以看见陡坡底下那条小溪。

父亲把车子拐进了自家的院子。有条狗叫了起来，与平常一见到车子回来一样，摇晃着尾巴，惊慌失措地四下里乱跑。

"好了，我们到了。"利森先生试着努力表现出欢迎的样子。"你还认得这个老家吧？"

母亲在厨房里拥抱了她。母亲的样子皱缩了；双眼凹陷，瘦瘦的两颊皮包骨头。她伸出一只手抓住黑兹尔的一只手，紧紧握着，像是祈求保护。利森先生把黑兹尔的提箱拎上楼。

"坐下吧。"黑兹尔用另一只手从桌子底下拉出一张椅子，轻轻地把母亲扶到上面。她弟弟在厨房另一头冲她傻笑。

"哦，斯图尔特！"

她吻了吻他，拥抱着他笨拙的身体。他的大脑门因为长满了脓包变得很难看，那头尖硬的短发戳得她的脸颊很不舒服。

"我们应该明白的，"利森夫人喃喃道，"我们应该知道的。"

"你不能。你当然不能。"

"他做了个梦什么的。他说来说去的就是这个。"

黑兹尔记得自己在米尔顿这个年龄做过的那些梦，只能说一半是梦，因为有时候她是醒着的——闭上眼睛，你就能让米克·

贾格尔①冲你微笑，或是听到 U2 乐队或者"破坏力"乐队的音乐。"保罗·霍根②搂着我呢。"有回阿迪还咯咯笑呢。接着，你开始跟着某个人出去，一切都变了样。

"可是他怎么会知道什么圣徒？"母亲低声说着，"他打哪儿知道这名字的？"

黑兹尔不知道，他脑子里就有了那东西呗，她默默告诉自己，并没有把这话说出声来。不管她说什么，母亲都不会去细想的。或许，相信自己的儿子疯了，对于母亲来说倒更容易些，也或许，这反倒让事情变得更糟。你不知道这点，你无法从她的声音或是脸上看出来。

"别让这事压垮你，"她乞求道，"别自己找事了。"

过了会儿，阿迪与赫伯特·卡琴进了厨房。阿迪烧了茶，往盘子里倒了些饼干。赫伯特·卡琴神情肃穆，阿迪则强忍着悲痛。同父亲一样，黑兹尔感觉到，两人担忧的都是母亲。为母亲担心成了众人悲痛中实际的一面，一条逃避的渠道，一种情有可原的分心。斯图尔特才不顾众人的情绪呢，伸手便抓了块带有粉红色糖稀的饼干，他粗短的手指和咬得坑坑洼洼的指甲衬着饼干那好看的装饰，显得那么丑陋。

"教会会给予他厚葬。"赫伯特·卡琴承诺。

---

① 滚石乐队主唱。
② 澳大利亚演员，影片《鳄鱼邓迪》主演。

196

加菲尔德站的地方跟他们隔了一点距离，他系着黑领带，鞋也是黑的，不是他平常穿的运动鞋。从空荡荡的墓穴这边望过去，黑兹尔才一下子认出了他。她忘了一小时前已经在家里跟他打过招呼；她刚才还看着他抬着灵柩往前走呢。此刻，在这凄凉的墓地里，那些记忆中的画面似乎都不一样了。耻辱已被驱走，商量好了似的，四下里一片寂静。

　　"我必谨守口。"赫伯特·卡琴吟诵道，他的职责一停，这套教会的规矩也就不复存在，他的声音沉重，与平日里星期天下午在后房间截然不同。"因其已令万能的主高兴。"

　　泥土投在了灵柩上。"我们的天父，"赫伯特·卡琴适时地吟诵道，黑兹尔看着加菲尔德的嘴唇跟着阿迪，还有他们父母的一起蠕动。斯图尔特也在，不时地弄出些声响。利森太太用手帕遮住脸，在明亮的阳光下靠在她丈夫身上。"原谅我们对他人的侵犯。"加菲尔德也在念诵这句话。

　　黑兹尔怀着悲苦的平静，一一接受了这些现实。没人允许过米尔顿这么做，就连加菲尔德自己也曾经告诉过他，十五岁的时候，人会想入非非。他被告知，讨论一名天主教圣徒，就像天主教徒声称他们的一尊偶像雕像被人看到动起来一样。可是，尽管这一切都讲给他听了，米尔顿依旧无动于衷。"你们的身体是活的献祭。"黑兹尔的叔祖父威利曾坚定不移、掷地有声地说道。老人在悼念的人群里颇为引人注目，此刻，他坚毅的脸上没有任何表情。

　　"阿门。"赫伯特·卡琴说道，送葬的人们跟着念道，利森太太抽泣起来，黑兹尔走过去挨近她，阿迪也过去了，两人从父亲那里把她扶到身边。黑兹尔还在想着,他们全都明白;她父亲明白,还有她母亲、阿迪、赫伯特·卡琴也明白。这片地区每家每户都明白;贝尔法斯特某些酒吧或是俱乐部,也就是加菲尔德所谓的强硬派的声誉遭到损害又得到加强的那些地方,也都明白。

"好了,妈妈。"三个女人从墓穴那里转过身来,阿迪低语道,但黑兹尔却没有试图去宽慰母亲的痛苦,因为她知道做不到。她母亲将会带着这一挥之不去的灼人的悲痛走向自己的坟墓;她父亲会永远记着这一天,记着他余下的七月游行的那些日子里发生的一切。家人不会再说起这天,但透过伤痛,他们会告诉自己,米尔顿的死是命,命该如此:这是他们唯一的慰藉。失去的阵地已经收复了。

一 天

夜里，莱思维斯太太不时地醒来，在铺着蓝色被子的单人床上辗转反侧，咕咕哝哝，脑子里满是飞逝的思绪和慢慢消失的记忆片断。近来，她胃里的东西不那么好消化了。简单地说，这会儿她又胃痉挛了。

莱思维斯太太做梦了：又梦见了一个孩子，她留在车里，而她的哥哥查里，则去拜访那户开超市的印度人家去了。几只小猫从本奇家后院倒扣着的花盆底下钻出来，她也在院子里，找着哥哥，因为现在他又上本奇家去了。"你不要去打扰本奇家，"母亲责备他，"大家很忙。"要过几条河，而街道却都没有了；有海滨，还有帐篷。

在她家的园子里，当然了，莱思维斯太太还睡着呢，随着夜晚的凉意，紫罗兰的香气淡去了。蔷薇、天竺、大波斯菊的花瓣，还有金雀花的穗子上都凝结了露珠。蛞蝓往生菜地里爬去，避开了一溜儿致命的饵食；一只安安静静的猫，远远地离开自己的窝，等着老鼠从石头缝里钻出来。

正是七月。天亮得很早，淡淡的曙光照在房子的砖墙和爬了半堵墙的五叶地锦上，衬着刷着白漆的窗框和铁艺装饰。这幢带花园的房子位于一片静谧安详、绿树成荫的街区，是莱思维斯太太的丈夫成就的一部分，是他二十多年职业生涯的一个标志，二十年，恰好是这段婚姻的长度。

莱思维斯太太突然间完全醒了，知道自己这一觉就算结束了。当她起身，穿过房间来到窗边，另一张床上，蜷缩在睡衣里的丈夫并没有被吵醒。她掀起窗帘的一角，朝清晨的园子里瞥了一眼，很快又将窗帘放回原处。她重又上了床，躺在自己的这边，脸对着丈夫，因为爱他，她喜欢看他睡觉的样子。每天这个时候，她都觉得昏昏沉沉，头也发痛，莱思维斯太太想着，这是她一天里最难受的时刻。

伊丽莎白也醒了吗？她想知道。伊丽莎白，住在她的那个城市里，也能沐浴到这同一片淡淡的曙光吗？还有，那里也有这橘黄色的街灯吗？此刻，也能听到从远处的某个地方传来的运牛奶的大车发出的轻微吱吱声，一记车门摔上的声音和教堂敲响的五下钟声吗？莱思维斯太太既不知道伊丽莎白的确切住址，也根本不知道她长得什么样，只是想象着她是一头短短的黑发，淘气的五官，瘦小的身体，纤细的手指。一小时三刻钟之后——她正在进行着这套晨间仪式——她听见了洗澡水声，之后，依然是音乐。维瓦尔第，莱思维斯太太想着。

她丈夫醒了。他的眼睛还有记忆，变得忧心忡忡，但当他一点也不吃惊地注意到她没有睡着，眼睛里的忧烦便消失了。夜里她还做过一个梦，或者，不过是一个类似梦的东西？她想笑一笑；现在她清醒了，她说自己很抱歉。

十点，清洁工来了，莱思维斯太太出门买东西。她把她那辆小小的白色标致车停在维特罗斯超市停车场，不慌不忙地采购了蔬菜和水果，各种瓶瓶罐罐，晚上吃的猪排，味美思葡萄酒和歌顿金酒，荷兰干酪还有诺曼底黄油，她注意到这个黄油减价了，还买了她丈夫喜欢的谷物早餐，那种叫"常识"牌的。随后，等东西都放进了车子行李箱，她便前往"错视画派"咖啡馆。她妆容得体，头发照她最喜欢的样子梳了起来。当她站在收银台前付钱的时候，见到认识的人，女招待也好，正在喝咖啡的其他女士也好，她都一一报以微笑。她还跟人聊了几句天气。后来她回到园子，房子敞开的窗子里传出胡佛吸尘器的声音，清洁女工玛丽埃塔在几个屋子间走来走去。这天很暖和，莱思维斯太太光着两条腿，身上的蓝色衣服轻飘飘的，她的这双意大利拖鞋很舒服，也很优雅。玛丽埃塔也自称是意大利人，她有个意大利母亲，但她的口音和举止却是伦敦东区的人，莱思维斯甚至怀疑她有没有去过意大利，虽然她总是显摆自己对威尼斯很熟的样子。

玛丽埃塔来的时候，莱思维斯太太喜欢忙这忙那的，天好的话，她就在园子里找点事做，要是天公不作美，她就在"错视画派"咖啡馆多待一会儿，或者假装写写信、整理整理抽屉。她喜欢关上门，不和玛丽埃塔照面，为的是尽可能不要听到有关她女儿安热的最新消息，还有那个利亚姆，安热盘算着跟他结婚差不多有五年了，再有就是隔壁养着德国牧羊犬的那户人家的什么消息。

莱思维斯太太在园子里给花坛除草，这边巴望着玛丽埃塔一周不来三次该多好，那边又心知她当然必须要过来。她希望她正从飞燕草里清理出来的这些长着心形叶子的玩意儿，不会是去年耶特先生不幸与他的威尔士绿绒蒿一起播下的那些种子发出的芽。耶特先生不像玛丽埃塔，生性沉闷，少言寡语，他慢慢抬起头、目不转睛的那副样子，让莱思维斯太太觉得他有点不知所措。只要他在园子里——只是星期一，一整天——她就绝不进园子。

现在不是维瓦尔第了，兴许是泰勒曼的小步舞曲，莱思维斯太太在园子里琢磨。有一回，因为好奇一名长笛演奏者吹的曲子，她在一家音像店读了好些激光唱片后附的文字。她没有买唱片，可是既然好奇心上来了，便从图书馆的音像部借来了一些，放了一上午。三十六岁，或者再年轻一点，她想象过伊丽莎白的样子，当然是未婚，渴望生下她所爱恋的男人的孩子：莱思维斯太太很清楚这一点，因为她自己就体验过这种相同的渴望。在那间她想象中的公寓里，弥漫着刚煮好的咖啡的气味。纤巧的手指停了下来。乐器被放在一边，咖啡倒好了。

那是在法国，七年前的九月，他们在度假，住在圣乔治旅馆，莱思维斯太太发现丈夫另有女人。那是一封信，航空信封上是女人的圆体字，贴的是英国邮票：她当下就明白了。信被误投在别人的信箱里，后来在她丈夫在地中海游泳那当儿，被人客客气气道着歉交到了她手上。"啊，谢谢。"她向接待处那个头发顺滑的女孩道谢，说这点差错不值一提。她当下就明白了：这是出于一个不能生育的妻子的直觉，事后她告诉自己。如此说来，这便是为什么每天一早，他总要先于她下楼，为什么每年九月，他们总是要到法国来度假；之前，她从未怀疑过这些。她站在露台上仔细看那邮戳。邮戳很模糊，但那字迹说明了一切，只有一个男人同之有联系的女人才会在男人度假的时候给他写信。她读了那封信，随后把它撕毁了，她从那封信里知道了一切，否则，她还蒙在鼓里。

这些长着心形叶子的植物实在是太多了，但当她在花坛边上和另几个花坛里寻找的时候，却发现这玩意儿不怎么见到了。显然，威尔士绿绒蒿的悲剧重演了。莱思维斯太太开始把她拔出来的东西再放回去，虽然明知道这么做已于事无补了。

"'傻丫头，'我冲着她的脸说，'傻丫头，安热，你一点门都没有。'"

玛丽埃塔在厨房的桌子旁坐定了，她那毫无线条可言的胖身子把件粉红色的工作服撑得紧绷绷的，她的双脚暂时从她那双带来的地毯拖鞋中解放出来，穿这种鞋干活比较舒服。

"不，不用给我，谢谢。"莱思维斯太太说，每天中午，要是玛丽埃塔递上速溶咖啡她总是这么说。

"她就会咯咯傻笑。安热就那么完了。一直如此。"

这个女人眼瞅着安热的婴儿肥消失了，拉扯着小时候病病歪歪的她还有那个伯纳多长大。这个女人本来会有一群孩子，喂养他们、爱他们、自己也被他们爱。"得了，生了两个我就刹车了，亲爱的，这是底线，懂我的意思吗？他还想再要一个，可我不同意。"

莱思维斯太太自己掉了五个：五次都失败了，每天都要在床上来个三四次，告诉她不要再试了，可她偏要。那时，她想象着丈夫的另一个女人应该和她同岁：最后当她终于接受自己不能生育这个事实时，她已经三十六岁了。

"有回在路上碰到那个漂亮小伙，小个子利亚姆，可安热连瞧都不瞧一眼。有朝一日她回心转意了，人家却跑了。你就像在跟一堵墙说话似的。"

"那安热在恋爱吗？"

"随你怎么说，亲爱的。一跟安热提这事，她就只会咯咯傻笑。好吧，利亚姆个头是小。一个小个子，可个头小又有什么大不了的？"

莱思维斯太太一边在水池里洗手上的泥巴，一边说个头小没什么大不了的。她听到过好多次了，说利亚姆连五英尺都不到，可壮得像匹马。

"我就是照直了跟她说的，亲爱的。苦等哪个五大三粗的家伙，你会后悔一辈子的。对谁都没好处，后悔去吧。"

"一点好处都没有。"

她在圣乔治旅馆的露台上想，这是理所当然的：一场没有孩子的婚姻，对任何一个男人来说都是令人失望的。她辜负了他，尽管这话自然没有人说过；他一丁点那意思都没有。可是她失败了，避而不谈收养的事又加剧了她的失败感。她压根没那种念头；她可不是那种会接受别家小孩的人。她要的是专属于他们自己的孩子，一种他们自己爱情的表达、一种他们婚姻的表达：这种观念在她脑子里越来越强烈。在圣乔治旅馆接到那封信的时候，面对自己不育这个问题，她已经缓和了好几年了；他们就那么生活着，或者说她是这么想的。那封信改变了一切。那封信吓坏了她；她应该知道的。

"哪天咱们得叫个擦窗工过来，"玛丽埃塔说着，把一块饼干浸在咖啡里，"楼上的窗玻璃脏得吓死人。"

"我会打电话叫他们的。"

"不介意我提这事吧，亲爱的？不过是涨价了，就要收两倍的价钱。一点也不省钱。"

"实际上是我忘了。我没想——"

"我老是说，最好是定期清洁。"

"今天下午我就给他们打电话。"

莱思维斯太太在圣乔治旅馆什么也没说，自那以后，她也没吭过一声。他并不晓得她已经知道了，她希望一切不露痕迹。她在旅馆的露台上坐了一小时，琢磨出这个念头。要是说些什么的话，她寻思，只要她一开口，真相将将大白。接下来，他就会温柔地跟她解释说没有什么事情是理所当然的。温柔是因为他向来都温柔，特别是面对不能生育的她，他为她难过，他对誓约尽了本分，他娶了她。他本来可以有一个亚洲孩子，眼睛细长的小玩意儿，但既然她没有亲眼目睹，他表现得也不错。

"等窗户擦好了，这地儿就更显眼了，我一直这么说。"

"是的，那当然。"

他游完泳回来了；那个在乐队里演奏乐器的女人写来的信已经被撕成碎片，扔进停车场的垃圾箱里，她所能找到的最远的地方。"好看极了，这本书。"他过来坐在她身边，她说道。她把《有些人不》这本书放到一边。他说这本书他在学校里就读过了。

"他们来了我就擦窗台。七月了,苍蝇多极了。脏得要命。"

"我看看能不能下个礼拜叫他们来。"

信上没有地址,只有一个日期:九月四日。没必要留地址,因为他当然知道,从信的口气看,他们认识已经很久了。她不知道这意味着什么,也想不起来他对她的态度是何时开始改变的。不会是某个变化;其他方面他也是一如既往:言行举止从容不迫,他健康、端正的脸庞仍是过去的赤褐色,头上的灰发一点儿也没减弱他迷人的风采。驾车穿越法国之后,又回到英国,她开始习惯于假装没有这个叫伊丽莎白的人而跟他在一起,但当她独自一人的时候,却又是没完没了的猜测。

"我去把梯子搬下来,"玛丽埃塔说,"完了我得赶紧走,亲爱的。"

"好的,只要你准备好了,随时都可以离开。"

"星期五我会再来一趟,亲爱的。我还欠三刻钟。"

"哦,请别担心——"

"大家要公平,亲爱的。伯纳多还等着吃饭呢。"

"可不,你当然得这样。"

玛丽埃塔一走,屋里便安静了,莱思维斯太太又觉得自由了。此刻,直到晚上以前,这一天都属于她的了。她可以穿着袜子从一个房间走到另一个房间,让电话铃响着不去接它。要是来了兴致,她还可以看看电视里放的黑白片,英国的,她顶喜欢看了,来自二十世纪四十年代的美女的声音，迈克尔·怀尔丁又年轻了，还有安·托德。

她中午吃得不多。这一礼拜她没怎么做过午饭：她喜欢吃乐之饼干上的那一点奶酪，要喝两杯金酒和马蒂尼。在宽敞的起居室里，莱思维斯太太脱掉鞋，舒展着身子躺在两张沙发中的一张上。接着，马蒂尼那冲鼻的味道上来了，过了一会儿，她愉快地闭上了眼睛。

在一堆相片中间，一个表面嵌着花纹的圆形基座上立着个镶着银框的婚礼日纪念物。一九七四年八月二十六日：一个中午，她脑子里思来想去的就是这个日期。"我就知道这会是个吉利日。"她母亲——说话从来都是直来直去——在她第一次与女儿未婚夫的父母见面的时候，这么评说那个夜晚。这句话先是无人应答，随后有人大笑起来。

她去拿乐之饼干。藏在婚纱底下那一头柔软的棕色秀发如今已变成了亚麻色，也长了许多，所以她才把它梳起来，这样也符合中年这个岁数。那时她长得很俊俏，如今则非常端庄；她四肢依然柔软，体重也只增加了那么一点点。她的牙齿依旧洁白、完好；只是那双曾经明亮清澈的淡蓝色眼睛有些老花，对焦不准了。那以后，她母亲婚礼前说的这句话就成了个笑话，因为这段婚姻当然已经成功了。一对恩爱的夫妻；一门完美的亲事，人们说——兴许现在还会这么说——除了没有孩子是个遗憾。莱思维斯太太相信，绝对不可能有谁会知道他另有女人。他不会叫人知道的，他不会叫他妻子蒙羞的，这从来都不是他的风格。

莱思维斯太太每天都要来支烟，这会儿她躺在沙发上，正抽着呢，那第二杯酒也没倒。在后来九月的假期里，再也没有信来过，这点她确信。某人发现没有达到预期目的后提高了警惕：好可怕呀，他会想，无意中被人发现与别的女人私通，他一定会觉得害怕的。"请理解我。我非常非常抱歉。"他会说，伊丽莎白自然就会尊重他的意愿，尽管她多么珍视在他外出的时候给他写信。

　　"不要了，够了。"莱思维斯再次起身给自己倒了第二杯，她下定了决心，大声说道，反正也不会有人被吓到。可没多久，她发现自己在卧室一只抽屉里的内衣底下翻找着，又找出一瓶歌顿金酒，倒了些出来，从浴室的龙头里加了点水进去。酒瓶被放回了原处，这杯新倒的酒拿到了楼下，乐之饼干的包装袋扔掉了，刚才她喝过两种鸡尾酒的玻璃杯洗好，沥干，放回原处了。这会儿她用来喝酒的容器是个刷牙的大口杯，蓝色的，不透明，跟浴室刷的涂料很配，端着起码比那庄重的鸡尾酒杯要重上三倍。味道不一样，这塑料做的大口杯握在手里的感觉也不一样，不像玻璃杯那样滞涩、冰凉，在她的唇上感觉更温暖些。随着下午的来临，过去的这个上午仿佛远离了，而这个下午又与昨天的下午、前天的下午相连，这样的日复一日必定在哪里有个头，如今却寻不到了。

　　这会儿，他必定和她在一起。两人双双待在她那套公寓里，既然是个独立的女性，必定是一个人住的。三点钟，莱思维斯太太在想着这些。找个借口不难；依他在公司里的位置，连借口都不必了。同他常提到的生意伙伴吃顿午餐，在米兰餐厅或者小蜗牛餐厅，随后便叫辆出租车赶往那个公寓，他的第二个家。"想不到吧！"他在门口台阶处的对讲机上讲，之后他脱掉外套，她沏茶。"今天下午我不回来了。"他会在电话上对他那个戴眼镜的、忠诚的秘书这么说。

他们坐在落地门边，那门对着一个小阳台敞开着。夏日里这真是个惬意的所在，阳台上两个观赏花盆里天竺葵枝繁叶茂，透过装饰在栏杆上的金属涡状花纹，可以看到楼下街道上的行人，一阵风吹过，收拢起的窗帘一动不动。茶杯带着点粉红色。话题是乐队，接下去要上哪儿，她要离开多久，告知具体的日期，因为这很重要。冬日里，这想象中的场景也差不多，不过是他们坐在取暖器旁，墙上挂着《罂粟的田野》①。窗帘放了下来，因为尽管时间尚早，天色却已暗了。冬天里，不再看路上的行人了，取而代之的是唱片里的马勒。

为什么不能这样？莱思维斯太太不得其解，十点过五分了，乔治·丰比主演的那部电影也结束了。为什么他今天晚上就不能回来向她供述他失算了？"她打算要个孩子。"为什么他就不能简单地这么说上一句？伊丽莎白的乐队这样忙碌，要去克利夫兰要去芝加哥要去旧金山，还要去罗马去塞维利亚去尼斯去柏林，她怎么可能当个母亲？可是，当然了，伊丽莎白一定会要他的孩子，恋爱中的女人都是这样的。

莱思维斯太太看见了这个孩子，那样逼真，小姑娘就坐在园子里的一块地毯上，那里撑着把遮阳伞，耶特先生在低矮的香豌豆丛

---

① 莫奈的风景画作。

里弓着身子。玛丽埃塔在厨房里说："喔唷唷，瞧瞧你这样！"这孩子是他的，莱思维斯太太陷入了沉思，又倒了杯酒；假如这个孩子也是她的，那么至少这已经发生的就接近于可能发生的。叫花子无权选择。

五点十五分，恐慌开始了，站在圣乔治旅馆的露台上，手里还捏着那封信的时候，她感觉到的也是这种恐慌。他会离开她的；和一个不能生育的女人待在一起是种遗憾；他会找到勇气，有了勇气，他就会一反常态，心肠变硬。然后，他便会离去。

有一回，不多久以前——大概是一年前的样子吧，现在也说不清具体时间了——她一时冲动，说自己当初不该拒绝领养一个孤儿，不该决绝地说什么要养孩子就只养他们自己的。听了这话，他摇了摇头，现在领养不是那么容易的，他说，他们都人到中年了，没什么可说的了。又有一天，在电视看到一个女人把一个婴儿从童车里抱出来，她就对那个女人心生怜悯，尽管没人会这样。只要看到童车里的娃娃，她就会想象着那个女人去抱他，有时候，她会想到那个姑娘，那姑娘带着必须由她来照顾的娃娃走掉了，还有那个从医院病房里抱出孩子的女人。当她告诉他自己感同身受的时候，他伸出胳膊搂住她，擦去她的眼泪。这天下午，这种恐慌持续了半小时；到了六点差一刻，她感觉这一切愚蠢不堪。就算给他一千年，他的心肠也不会变硬。

"好了，我得走了。"他在他朋友的公寓里说。他们不再观察楼下的行人。他们再度拥抱，然后他便走了。她的吻跟着他，还有她怅然的笑，连同她纤巧的、一个下午都握在他手里的手指。他驾车穿行在车流中，对路线再熟悉不过，连想都不用想。她留在公寓里弹奏她的音乐，在音乐中寻求慰藉。有别的女人，那是他的权利：在旅馆的露台上她已认定了。她拿着那封还没有被撕毁的信坐在那里的时候，一切还不清楚。她心知她永远都不能说出她的发现。她心知她不希望他从来没有到过那里。

情人们吵架了。他们的关系到头了。对伊丽莎白而言，从他不愿放弃的一场婚姻中得到一点残羹冷炙，这是什么样的生活？为什么她就不能厌倦了等待？当伊丽莎白为了逼他就范，欺骗他，让自己怀了孕，他说"不"。他依旧说他不能，曾经的浪漫变成了狼狈。他回到了他的弃妇身边，向她坦白了一切。"她到处走你看见了。她不得不跑东跑西，她不想放弃她的音乐。"应该多久才给予宽恕？需要故作姿态或是勃然大怒一番吗？应该流泪吗？他朋友给他设计了陷阱，他继续说着，一个温柔的陷阱，就像歌里唱的：他的懦弱让他陷于困境。他在道歉，恳求理解与宽恕。他的那个女人自有她的作用，尽管她永远也不会知晓；要是没有他的那个女人，就不会有一个圆满的结局。

她摆放餐桌准备晚饭，花呢餐垫，餐具，胡椒磨，德国芥末，玻璃酒杯，因为一天下来他总要喝上一点，阿维尼翁酒。酒瓶放在桌上，提前打开了，她的经验叫她这么做的：匆匆忙忙做完饭之后再开酒瓶，就很费力了。酒应该透透气：很多年前他这么教她的。

厨房里，她开始把猪排上的肥肉切下来，猪排还是早上买的，此刻回想起来，像是过去了很久似的。她打算按照玛丽埃塔的方法做这道菜：把猪排浸在番茄沙司里，再加上洋葱和胡椒。云纹状表面的工作台上，那只蓝色的大漱口杯差不多又倒满了，时不时地被端起喝一下。肉好像在打滑，但实际上，它连动也没动。得留神了：一星期前，她的小指才贴上邦迪创可贴。电台里，汉弗莱·利特尔顿让他的乐队宣布《殡仪员舞会新来的人》节目开始。

"当然了，"莱思维斯太太大声说道，"当然了，我们会给它一个家。"

莱思维斯太太下意识地把那只蓝色塑料漱口杯洗了，放回到浴室。在听到柏油碎石路上响起车轮声之前，她又习惯性地拿起瓶子直接往嘴里倒了两口歌顿金酒和马蒂尼。她知道，今晚要摊牌了。她知道，他必会带着一脸的忧虑走进来，站在门口，一时半会儿没有挪步进门，接着，也给自己倒了杯酒，慢慢地坐下来，开始说给她听。"对不起。"他很可能这么说，那她就打断他，告诉他她猜到了。他讲了有二十分钟，一五一十，当然了，她会说："那孩子得上这儿来。"

车库的卷帘门吵吵闹闹地复位了。莱思维斯太太匆匆忙忙举起绿色的酒瓶往嘴里倒了一口，因为突然间她很想来上一口。她又灌了一口，喃喃自语间，那间或袭来的忧愁今天冷不丁地就出现了，明天，一整天，她就什么东西也不碰了，她还想着，今晚，有这瓶开了的酒也就够了，要是不够，再开上一瓶好了，有的是。因为，毕竟，今晚要庆贺一番。夏日里的一天，那天就跟才刚过去的今天一样，有个女学生住在楼上那间只给客人睡的屋子里。她下楼来，聊着天，聊她的朋友、她的老师、她的烦恼，说她看不懂一首诗，于是一起坐在厨房桌边，两人细读起来。哦，我真的爱你，莱思维斯太太想着，脑子里满是意象与韵文。

厨房里云纹状表面的工作台上，肉还在莱思维斯太太刚才放的位置上，肥的部分切掉了，刀还在另一块猪排上切着。她白天削了皮的土豆浸在一锅冷水里，剥了壳的豌豆放在另一只锅里。晚间，当她丈夫回到家的时候，厨房经常就是这副情形。抱着她的时候他是那样温柔，一直都是如此。

嫁给达米安

"我要嫁给达米安。"乔安娜说。

克莱尔没理她。她微笑着点点头，正专心致志地在解一团纠结在一起的麻绳呢。我说：

"哦，那敢情好。可达米安已经结婚了。"

没关系，乔安娜说，又重复了一遍她的决定。乔安娜那时五岁。

二十二年后，达米安站在这片野草地上，四周开满了矢车菊、蓝蓟还有花葵，他头上的那株白柳，当年乔安娜宣布"婚讯"的时候，还只是两英尺高的灌木呢。他戴着副蓝色的太阳眼镜，那身粉蓝色的衣服看上去是新的。相形之下，他的领带——褐紫与金色相间的条纹暗示着它的主人应是某个显然达米安与之沾不上边的俱乐部的会员——又窄又长，衬衫的领子也磨坏了。我们都没有惦记着他；我们已经很多年没有达米安的消息了。打一九八五年春天以后，克莱尔算过，那年他与一个来自纽约州北部地区的美国寡妇离了婚，那是他第二次离异。那以后，还有过一个住在威尼斯的英国女人，此人我们知之甚少。当乔安娜宣布她童年意愿的时候，达米安同他三任妻子中唯——一个克莱尔和我都认识的还是夫妻呢：一个苗条、漂亮的女孩，基拉卢主教之女。我们是婚礼上认识她的；我当过达米安的男傧相。

多年以后，当达米安走进我家园子的时候，我其实已经睡着了，我猜克莱尔也是。我们正懒洋洋地躺在折叠椅上，克莱尔的小狗们四仰八叉地躺在她的椅子底下，躲避午后的阳光。

"哎，"达米安说，"达米安驾到。"

我们吃了一惊，不过还好：一身蓝色的打扮一直是他的习惯。他从来都不事先打电话，或是写信、寄明信片透露他的打算。很多年了，他会在一年的任何时节、一天的任何时段到来，有一回是凌晨两点把我们弄醒的。雷打不动的，他会详述一堆个人遭遇的不幸，言下之意就是要借点钱。这些钱是还不回来的；即便在拿钱的时候，他也没有佯称他会还。

"达米安。"克莱尔拥抱了他，大笑着，打趣地问他为什么要穿这么难看的一身衣服。我问他这些日子都上哪儿了，他说哦，好多地方呢——温哥华呀，俄勒冈呀，西班牙呀。克莱尔让他坐下来，张罗着要去煮茶，请他多待一会儿。他就是我们需要的兴奋剂，克莱尔说，因为她总是担心，要是不留神的话，我们会变成痴呆。可能是哪个女人给他的那身衣服：我们都那么猜。

"我在西班牙过得可不好，"达米安说，"得了种日射病。"

我们同岁，达米安和我，都不再年轻了；那天，我们一起坐在园子里，都是六十出头的人了，克莱尔要比我们小五岁。她个子高挑，身材苗条，我想不出除了优雅，她还会是什么样子，当然，我知道我可能不对。我们结婚的时候，她住到了这个我所熟悉的乡村小镇，变身为医生的妻子和诊所的接待员、一双儿女的母亲、儿童游戏小组的组织者，以及第一个教会镇上的文盲识字的女人。

达米安呢，逮着机会便离开了这片地方。前一次回来的时候，他还带了一根顶端涂着银色的手杖——显然是装模作样——这玩意儿现在已经扔掉了，当时毫无疑问是让人注意它的必需性，达米安如今变得自负了。虽然他动作轻快地在克莱尔空出的位子上坐下来，但关节却不买他的账，刹那间他皱了下眉。他那头稀稀拉拉的金发如今许多地方都变灰了，我猜他并不在乎这个，也不在乎他的牙齿已经萎缩、变得脏兮兮的，他手背上的老人斑东一团西一团地连成了一片，额头上的皮肤皱得跟羊皮纸似的，这些他全都不在乎。可是那天，他的眼睛里没有流露出半点要屈服于一种注定是有别于过去的未来命运的意思，对什么是应当接受的，什么是不应当的，也没有丝毫犹疑的意思：那副样子，让人觉得达米安依旧年轻。

他打小就瘦骨伶仃，给人营养不良的感觉。虽然骨瘦如柴，却一点没有那种体质常会有的笨拙劲儿。他的关节多少有些问题，但那天我注意到了，他依旧活动自如。乍到时，他总是幽默风趣；到头来就变得喜怒无常——回答起问题来要么恶声恶气，要么沉默不语。

假如，要说起职业，达米安有的话，他该是个诗人，虽然从我认识他到现在，他从来没有给我看过一行半句。多年以前有人告诉

216

过我，说他曾有过一帮崇拜者，至今在某些地方，还是有人认为他拥有一种应该被更广泛传播的"声音"。一部名为《一只鸽子的缓慢之死》的册子——内容空洞，克莱尔和我一直这么猜想，因为达米安没有显露出半点才华横溢的迹象——似乎就是他留给子孙后代的所有代表作品了。总有一天我们会收到一册《一只鸽子的缓慢之死》的，有次来访时他许诺，可至今连个影都没有。

"得了，没错，就是那个。跟那个差不多的东西。"他一边说，一边轻轻地笑着，克莱尔端来茶点的时候，我又搬出一把躺椅。他重复着刚才告诉我的日射病和温哥华的索然无味。是的，现在他承认了，他近来几次旅行主要是为了一个女人，这多少是他漂流在外的一个原因。这身粉蓝色的衣服是不是女人送他的，也没有得到他的证实。达米安才不会在意那个呢。

"我还以为我要死了。"他说着，话题又回到日射病上。可当我问到他把这病误当成什么，采取了哪些治疗时，他就变得含糊其辞了。

"糟糕的景象，"他转而说道，"戈雅①的那一套。"不管怎么说，他自信地表示，西班牙被高估了。

那女人是西班牙人吗？我琢磨着，想到跳舞的西班牙女郎，想到那洁白的牙齿，想到如玫瑰花蕾般漂亮的少女舞动着红黑相间的裙子，那黑发上的红色缎带。

我的医生同事里有种了几亩地的，也有任由风驱散心头的琐屑

---

① 指西班牙画家戈雅。

与空虚的，这使得我们的问诊室时不时地变成了忧郁的所在。还有些人收集珍本书，打柜子，参政，借助园艺或运动来修身养性。对于我来说，达米安不经常的光顾，在两次造访之间琢磨琢磨他，也不失为一种消遣。这不及午后坐在拖拉机上，或是淘到一本夸拉版①的叶芝作品来得有名堂，自然而然，我就变懒了。

"人生的一页又合上了？"克莱尔说。

"永远都别翻开才好。"

后来，我在厨房里把酒倒出来，克莱尔说羔羊肉应该够了，还有土豆和西葫芦呢。我们听见乔安娜的汽车声，接着是她的惊叫声，达米安在问候她。

我端了一盘饮料到园子里。达米安那只小小的黑色提箱，这么多年我们已经很熟悉了，还放在草地上他的躺椅边。现在我瞧见它了。

这次造访沿袭着老路子。那小小的提箱里装的是要洗的衬衫、内衣和袜子；在被丢进洗衣机里的时候，这些东西大部分是需要缝补的。而且，达米安身无分文；他还要求，要是有人打电话给他——这个，他说，不太可能，因为严格地说起来，没人知道他的去向——他是不会说自己待在我们家的。

孩提时代，达米安和我曾在道尔一起玩耍，道尔是座破旧不堪的房子，他的尤娜阿姨就是在那儿把他养大的。道尔已经不存在

---

① 1908 年由诗人叶芝与其胞妹共同创建的一家爱尔兰私人出版机构。

了，有个建筑商看中它屋顶上铺的铅条，将其买下，后来它被夷为平地。达米安的尤娜阿姨在一所活动房里死于酗酒。当时我在场，她的脑袋在枕头上猛地朝边上一歪，就这样眼睁睁地在你面前死去。在我童年的记忆里，在那所老宅和它荒芜的园子里，她一直是个模模糊糊的影子，个子高，人也俊，可就是有点像另一个人的鬼魂：据说她就是达米安的母亲。照那些还记得她当年带着一个婴儿来到这片地区的人的说法，这房子就是把她肚子弄大的那个人给她买的，同时也给她买下了沉默。

　　我后来才知道这一切。达米安和我八岁的时候，他的尤娜阿姨对于我来说就是他的阿姨。那以后，也从来没有什么理由怀疑过她不是。我们被送进了不同的学校——当年那个唆使者说这是迫不得已，而且，达米安的食宿费也成问题——但我们的友谊却没有停止。达米安——有时他就像个稻草人，因为他的尤娜阿姨从来都不关心他的衣服穿不下了——很好相处，讨人喜欢，是我所身处的这个乡野环境的解毒剂。我们在乡村溜达；我们在越野赛马会上闲逛；到大了，要是谁有钱，就上星期五舞厅；我们梦想着和贝蒂娜·诺德，就是芒斯特·莱因斯特银行的那个职员约会。我们的联系是一下子中断的，并且持续了很久：十九岁那年，达米安离开了这里，十四年都没有回来过，就是在这段日子里，他的尤娜阿姨死了，房子也没了。据说那段日子里他既没有给她写信，也没有跟她有任何联系，这令人意外，因为他一直都非常喜欢她。但是，因为我也没有他的消息，所以这似乎也不足为奇。对于达米安而言，也许，亲人离世所带来的空虚是无法通过其他方式来填补的。这十四

219

年里，我同他只见过一次面，那是在基拉卢，他的第一次婚礼上。

"跟你说吧，我还想再去看看道尔。"穿着粉蓝色衣服出现的第二天，他说道。于是我们便去了，什么也没见着，连他的尤娜阿姨死在里头的那间活动房也没有了。在那无处不在的悬钩子还有一长片荨麻底下，兴许还留着些什么东西，但仅凭肉眼是看不出什么的。我们又走了一段，看见了厨房园子的残墙，有些地方爬满了常春藤，有些地方则很少。

"道尔你是没法重建了，"得知他有这个念头，我指出，"没钱可不行，达米安。"

他嘴里嘟嘟囔囔，听上去挺不高兴的，这还是头一次呢。听上去像是在发牢骚，抱怨自己总是缺钱，他接着又说："那林荫道……那大门……"

难道这是诗句不成？我纳闷。有时候在达米安的话里，那些词会一个个蹦出来，前言不搭后语的，根本不像是在说话。

"那房子。"我说道。

"哦，不是从前那房子了。"

克莱尔的小狗抽着鼻子嗅着兔子的踪迹。我们站在那里，九月的骄阳依旧似火。达米安相信奇迹，年轻时候，他就总是用他的乐观鼓励我，什么没有比偷捕鲑鱼更容易的事了，什么赛马赌注经纪人或是酒吧老板会接受借条，什么贝蒂娜·诺德的眼里含有爱意。那时，这是他身上招人喜欢的一个品质；但我吃不准这品质是不是令人欣喜地保留了下来。我不喜欢怀旧的话题。年轻时候做朋友，也从来没有想到过借钱，因为根本就无人可借；也不曾利用那一点小小的教养，因为教养不是那么好廉价出售的。有个邻居傲慢、无礼，为人不可靠，曾威胁恐吓过他们，这也不过让他们小小地担心了一下。

"现在的主人是谁？"他问，我告诉他，就是那个剥掉屋顶铅条的建筑商的儿子。

四下里只听到乌鸦的叫声和间或传来的狗叫声。道尔一直都是那样安静；那个高挑的美人，从一个房间飘到另一个房间，或是在采摘最后一批桑葚；还有杜鹃花丛里的蟋蟀。

"什么？"我说，又听不懂达米安的咕哝了。他依旧闷闷不乐的，没有直接回答，仅仅像是在说缪斯女神在此地是不会沉默的。

六十岁生日那天我便歇业了，觉得是时候了，尽管过去我曾以为自己多多少少会一直干下去，就像当年我父亲在这同一所房子里一直干到他死一样。"会是什么样子呢？"年轻时候达米安一直在思索爱尔兰西南部这个熟悉的小镇以后的样子，那个令人兴奋、等着他去探索的世界。当然，我们俩都知道对于我而言日后的世界会是怎样的情形：我们熟悉我父亲的房子，里头那些舒适惬意、摆得满满登登的房间，令人愉快的花园；我们熟悉那条窄窄的主街，那些个店主、牧师、乞丐，还有炼乳厂、焚毁了的电影院、死气沉沉的法院大楼、富丽堂皇的新盖的医院、破破烂烂的收容所、监狱。但达米安日后会怎样，我们谁也猜不出个一二。

"都好吧？"那天从道尔回来的路上达米安问我，他一下子又活跃起来，像是记起了我是谁，"如今啥事不干也挺好！"

"是啊，挺好的。"

事实上可不止这些：退休以后一切都简单多了。人们不再是病人了。街上偶然碰见，聊起来也少了些窘迫；当然私底下我注意到雷诺的病还没好，弗罗利克的综合征也不见好转。唠家常的时候，没人再跟我说起那些令人尴尬的秘密；更多的时候，我会看到一张青春的脸孔，而后才想起来第一次见到这张脸时，他还是个婴儿呢；或是被告知孩子们长大了，活蹦乱跳的，要么就是其他方面的成绩，还有筹划中的婚礼。如今的我不再有忧虑，也不再胡思乱想，背痛也消失了，什么缝合的伤口、血压，后头几间小卧室里令人恶心的气味，统统都没有了。

"是啊，挺好的。"我在特雷纳旅馆的酒吧里说。"你呢？"我又说，"这些年，达米安？"

他又变得阴郁起来。他耸耸肩，没有回答。他瞪着站在吧台里的一个人的后背，瞪着那人开了线的外套。随后他说：

"我常想起道尔。不管我在哪里，我都会想起那里。"

从他的声调里可以听出，对年轻时候的故地的怀念是一种慰藉，时不时地令人心生——暗示着——痛苦与忧郁。接着他又说，像是在回答一个我并没有提过的问题：

"哦，是的，那是个催生灵感的地方。"

他已经喝光了杯里的威士忌。我走到吧台又点了酒，倒酒那会儿，特雷纳问起了我的儿子，如今他已在新南威尔士做了名医生；还有乔安娜，半年前回到镇上，在监狱里工作。"她回来，你们一定很高兴。"特雷纳先生猜测，我表示同意，尽管他又说她迟早还是要离开的。我笑了笑，耸了耸肩，没心思跟他聊。这些年来道尔难不成给了诗人以灵感？我纳闷。难道他含糊其辞的背后就是这个意思？

他问起达米安是谁，我回答了之后，特雷纳先生接着说道，声音压得低低的："我想我认出他来了。""这些年来都好吗？"他大声说，达米安也同样大声回答说，大伙儿都不年轻了。

"上帝啊，千真万确。"特雷纳先生表示同意，装模作样地晃着脑袋，他以前可不是这副样子。

我拿好找回的零钱，转身往我们的桌子走去。

"不求豪华，"达米安说，就像我们间的对话不曾中断似的，"随便拼凑成个什么小破屋。这些事儿……"他的声音越来越小。"现在我有时间。"

我抿着酒，装作饶有兴味的样子：达米安这辈子永远有的是时间。他虚度光阴，肆意挥霍，纵情于孤独。或许诗人都这样，或许这就是他们不得已的生活方式；我不知道。

"积累素材，"达米安透露说，"别说出去。哦，只不过是个念头。"他补充了一句，我大大松了口气，推想这兴许是我们最后一次听到他初始的异想天开了。毕竟，没有迹象表明他拥有任何建造他所谓的最朴素房子的必需资金，那么个人借贷也就可以拒绝了。"可笑的老达米安。"我把这些告诉了克莱尔，她嘟哝道，带着一脸说起达米安时总是会挂上的宽容的微笑。

接着，相当突然，一切发生了变化。差不多也是在那个时候——两天后在饭桌上，克莱尔和我发现，我们的闺女又一次被当年她看中要与之结婚的那个男人迷得神魂颠倒。直到今天，我还能听到他们两个在我家餐厅里的说话声，达米安大笑着，而克莱尔同我则傻呆呆地默不作声。此刻，我还看见乔安娜的两颊飞起了红晕。

"你就在这安家了，乔安娜？"达米安问，"在这吗？"

"目前是。"乔安娜说。

监狱距离镇子两英里，高高的灰墙后边，是一堆光秃秃的灰色建筑，流行病爆发那阵，我还去过几次。 Ad sum ard labor，一个恶作剧的犯人在为典狱长做的日晷上刻了这样一行话，这也成了来访者参观时的一个话题。乔安娜一直在都柏林和英国的监狱里工作；她来这里是因为同我聊过之后，她意识到改造罪犯——这是她的专业——并非那么让人烦心。问题是这儿，在她出生、长大的镇子的家门口，专业环境不尽如人意。

"我记得有回跟个才从牢里放出来的家伙同一节车厢，"达米安说，"他抢劫车库。"

在乔安娜看来，在监狱里待上一段日子是给犯人一个悔过自新的机会，是同世界、同自己妥协的一段日子；你不得不这样，她坚持认为。

"偏僻的路边车库，"达米安说，"一个小孩看的加油站。"

"他有没有说——"

"他说的就是争取下次不被抓住。"

交谈的背后还有些别的，两人都兴奋不已；一个混蛋回答另一个混蛋的问题，尽管隔着张吃饭桌，两人的手指还碰到了一起。我把刀叉攥在一块儿；克莱尔说了句没人听见的话，便跑到厨房去了。

乔安娜个子小巧，一头黑发，长得很俏。她有过追求者，一个地图绘制员向她求过婚，她跟一个鸟类学家也相恋过一段不短的时间，可是，只要有人臆想这段关系可以天长地久，她就会转而对工作热情投入，而在情感压力面前一再退缩。这就像是假如她以任何方式减少了对工作的时间、精力的投入，那么她就要捍卫自己的付出，好像她坚信自己肯定会经历一场不忠一样。重犯，悔过者，旧犯，昔日的挪用公款者，毒品贩子，抢劫犯，窃贼，强奸犯：这些才是她的情人。她在他们身上发现善，但是，同我们说起这些人的时候，她并不强求我们同她观点一致。她从不吆三喝四，也不尖声尖气地固执己见，人们常惊讶于她投入之深、她的外柔内刚。虽然克莱尔和我谁也没这么说，但我们女儿身上的确有一种非凡之处。

那天晚上，餐桌对面的她变得娴静端庄，眼波流转间透着一股温顺，对我们这位造访者说出的每个字都充满了敬意，似乎一等他下一句充满渴望的表达说出口，她就会晕晕乎乎地按照他的口授行事了。我端着盘子、碟子，跟着克莱尔走进了厨房。"我一直想着，"乔安娜在说，她是被达米安以一种在交谈时不太常见的方式引出这话来的，"我从来没有想过做别的事。"

克莱尔和我在厨房里谁都没吭声。我们甚至都没瞧着对方。这是我们的错；是我们给了命运一次机会声张权利。那些合适的追求者——那个黑头发的地图绘制员，那个鸟类学家，还有另外几个——不是一个重操旧业者，一个天天要为贫困而斗争的人所喜欢的。餐厅里，两个声音还在聊着，厨房里，我们满脑子全是他们，克莱尔把覆盆子倒进一只蓝色的玻璃碗里，我把咖啡舀进滤器。"我还记得我得知你出生的消息。"我们回到餐厅的时候，达米安正在说这句话。

这事是我告诉他的。我亲自接生的乔安娜；克莱尔和我是同时听到她的第一声啼哭的。"是个闺女。"半年以后达米安回来过一次，我告诉了他，在那个寒冷的一月的晚上，我们还喝了我家的威士忌来着。"有个女儿真好！"我们低头望着克莱尔床边的婴儿床，他咕哝道。他是对的：有个儿子再有个女儿真好，组成一个家真好。即便在那时，两个孩子不同的性格就非常明显了：我们的儿子友善随和，极少发脾气，乔安娜则不是省油的灯。五六岁的时候，凭着长腿和意志，她夺得跑步冠军，因为她坚信自己可以。当我们说她肯定没耐心照料那条被吉卜赛人丢弃、被她救下的狗时，她坚决声称自己不会失去耐心。她照料了那条狗很多年，直到它死。

"外头下着雪，"达米安在餐厅里话旧呢，"那晚我们喝的是黑林威士忌，乔安娜，你爸爸和我把小娃娃的脑袋都弄湿了。"

他的指甲边缘上落了层烟灰：上菜之间他总是要抽支烟。有一阵，很多年以前了，他还用上了烟嘴。后来克莱尔问起，他回答说卖掉了，我们猜想那又是女人送给他的礼物，缘分尽了东西也就卖了。

"吃点覆盆子吧，达米安？"克莱尔邀请道。

他微笑着应允了。他把他还没熄灭的香烟搁在一边，把奶油浇在水果上。我想知道他是不是有过孩子；过去我可没这么想过。我常想象着他泡在伦敦酒馆里的日子，有些地方因为赊着账还去不了，深夜的争吵令人郁闷。我感觉他所谓的旅行——他挂在嘴边的——都是些短暂的逗留罢了，伦敦那些个龌龊的地方，才是他经常停留的所在。我想象着寄宿，拖欠的房租，当掉的财物。为了躲债，短时间内要搬几次家？撒点小谎难道是一个诗人的权利？不过，我仍然念及他是我们的朋友，差不多一直都是。他让我们的生活变得有生气。

"达米安厌倦了伦敦，"乔安娜说，"他打算搬回道尔。"

夜里，克莱尔以为我睡着了，啜泣起来。我对她耳语着，一个劲儿地安慰她。我们相互没有说起这件令人震惊的事，我们需要点时间平静下来。我们躺在那里，想起也就是二十四小时之前，克莱尔还说这位朋友是我们所需要的兴奋剂呢。每次他来访，面对他的出现，我们从来都没有惊诧，如今，他无可奈何地也老了，昔日的英俊不在了，那股邋遢劲倒是挺惹眼的。但他的内心却一直没有改变。说他变了是不公平的，因为我们一家子都被他迷住了。对他那些浑话，我们倒是一直都心知肚明，听得懂那字里行间的隐含之意，从来没有当真。

结婚可是我们所惧怕的，虽然我们谁也没有用到这个字眼。这倒并不是因为达米安老是坦白自己有多么想结婚，以至于我们麻木地错过了这一赤裸裸的预言；而是因为乔安娜是乔安娜。也许我们错了，我们相互感觉到对方也在这么想；来一场俗气的恋爱兴许也就够了。但是我们并不相信这一点，我们谁也没考虑过这一慰藉。

我们没有提醒对方，说乔安娜一向都是知难而进，黑暗中我们相互也没有说起，我们非常清楚地意识到，她觉得与地图绘制员在一起也好，与那个鸟类学家在一起也好，与任何一个合适的追求者在一起，都没有什么刺激。也许，那天夜里，我们对女儿的了解又深了一步，对她的爱也深了一层。她会在其他女性失败的地方获得成功：我们本该听到她的这个提议，我们早已觉出她不相信，失败无处不在，无非是同那些女人有关罢了。"我要嫁给达米安。"孩提时代的那句戏言连同我们的玩笑都清晰地回想起来。

难不成此番他来找我们是有目的的？克莱尔停止了哭泣，问道。难不成他打算动我们闺女的脑筋，让她来养活他，在他小时候的那个地方照顾他、惯着这把老骨头？难不成在他的想象中，他的未来在伦敦一条大街上刹那间被点亮了，往后的岁月如同宝石一般熠熠生辉？"我会告诉他们的。"我们的女儿是不是已经这么说了，打算叫我们坐下来，倒上酒，以示庆祝？她会小心翼翼地透露这个称不上新闻的新闻，我们会拥抱她，不会跟她讲达米安总有一天会毁了他到手的东西的，等他下次出现的时候，她就会跑上前去，他们站在一边，就跟情人似的。我们无法预言那以后的细节，猛然间，这种关系可能会呈现出的状态迟早会变得似乎没那么大不了的：不是早就这样了吗。"我们是在遭受惩罚吗？"克莱尔问，我也不知道是还是不是，不知道我们该不该遭受惩罚，我们的罪孽又是什么。

我们希望那一夜不要过去。又一次，我们不愿去体味那种悄悄潜入我家、从我们身边经过，却不属于我们的兴奋。达米安生性不愿停止已经踩在脚下的冒险之旅，生性不愿没来由地获得那种会阻碍他天性的体面。天亮的时候，他的卧室里不会空空如也，小提箱是不见了，但他会在床头桌上留下张纸条。"记得那些个吗？"克莱尔在黑暗中低语，想都不用想我就知道她指的是谁——基拉卢主教大人的女儿，从纽约州来的那个寡妇，威尼斯的那个英国女人，还有别的被我们这位朋友轻描淡写一带而过的无名的女人。

不合适啊，得知他的第一段婚姻破裂的时候，我们说道，当时日子过得忙忙碌碌，我们无暇表达更多的遗憾，主教的女儿也好，美国寡妇也好，对她们的命运我们并不好奇，我们只是跟对方说，同样的错犯两次，那正是典型的达米安。那个英国女人离开了他才是个笑话呢。老恶棍，我们说。不可救药。

第一道曙光隐隐约约地照进来了，鸟儿也开始啁鸣。我们默默地躺在那里，对匆匆而过的陈年旧事的评说，我们自己也不能确定。主教的女儿——当年比如今的乔安娜还年轻些——穿着婚纱微笑着，吻她的时候，我感觉到了她脸颊那温暖的一触，我还听见她回应我的祝福，她娇羞地表示这是她莫大的幸福。还有那张我们曾在一张相片上见过的美国人的鹅蛋脸，黑头发，黑眼睛，嘴唇微启。英国女人的那张脸是我们想象的，那是一张在争吵中变了形的脸，带着冰冷的泪水而愈发显得痛苦。别人的老婆，俏娘们，被他迷住、吵吵闹闹想引起注意的姑娘，这些人的影子重叠在一起，又四下里散开了。老恶棍。

"我想我应该和她说说。"晨曦中克莱尔匆匆说道，却不见动静，我心知她已改了主意；话语只会让一切变得更糟。八十一岁，克莱尔说：等乔安娜四十八岁的时候，他就八十一岁了。

我没有去算。这不要紧。我以为我们会吵架，我们疲惫不堪，兴许会吵起来，然而却没有。我们没有为了掩盖过失而相互责骂、怪罪。要是忧烦发展到剑拔弩张的地步，我们兴许会干上一架。之所以没吵，是因为我们的婚姻已归于平淡，没多少日子可糟蹋了：禁区早已被标识出来，如今都是绕道而行。况且还没有到这种地步，说我们早已觉出的危害会成为别人的笑料，就如同当年我们视危害为乐子一样。

"我去烧茶。"说着，跟平时大清早一样，我轻手轻脚地下了楼，免得吵醒女儿。今天的某个时候，没准达米安和我又会上特雷纳的酒吧去；兴许，我会带着令人作呕的谦卑，请求他放我们一马。我仿佛听见了自己的声音在这么说，可是听上去很假，怎么着都不对劲；我知道自己什么也不会说的。为了保证我的女儿头上有片屋顶，不管需不需要，我都会借钱给她。一座平房将取代道尔的残垣断壁。

《爱尔兰时报》塞在信箱里；我把它抽了出来。我把姜味饼干放在盘子里，用托盘端回卧室，大清早我们就爱吃这个。我们看起报纸，没有多说什么。

那天上午，乔安娜匆匆吃下一碗玉米片和一片吐司。她发动汽车，调头，接着疾驰而去。达米安来了，我们坐在九月的阳光下；克莱尔煮了新鲜的咖啡。现在要恨他为时已晚。我们聆听他的冒险故事，询问他可知道那些曾经爱上他的女人后来生活得怎么样，从而让我们恬淡的蜗居生活变得有生气，现在要否认这一点也为时已晚。我们反倒漫无目的地闲扯起来。